朝日新書
Asahi Shinsho 737

寂聴　九十七歳の遺言

瀬戸内寂聴

朝日新聞出版

＊本書は二〇一九年四月一日、同二十四日、京都の寂庵で行われた朝日新聞大阪本社による単独インタビューを基に、加筆・構成した語り下ろし作品です。

取材：岡田　匠（朝日新聞記者）

寂聴　九十七歳の遺言

目次

第三章　「変わる」から生きられる　75

第四章 今この時を切に生きる 107

第一章

生きることは愛すること
愛することは許すこと

今でも胸が痛む一言

私は今年（二〇一九年）で九十七歳になりました。大正、昭和、平成と三つの元号を生きて、まさか自分が、令和という新しい元号まで生きのびるなんて思ってもいませんでした。

生まれた時には体が弱くて、親はお産婆さんから「この子は一年も生きられない」といわれたそうです。だから、可哀そうな子だと、ずいぶん甘やかされて育ちました。文字どおり三つ子の魂百まで。だから、こんなわがまま放題な人間が出来あがったんです。

それでも小説家として六十二年、僧侶として四十六年、人間の生き死にに対して、精一杯向きあってきました。

この本では、九十七歳というい つ死んでもおかしくない私が、その長い営みの中で発見した「心の薬」のようなものについてお話ししていきます。どれも苦い薬かもしれません。でも私は、効くと思ったら自信を持っておすすめします。もちろん、服用するもしないもみなさんの自由です。

人間が生きるとは、どういうことでしょうか。この年まで生きてきて、はっきりいえるのは、それは「愛する」ことです。誰かを愛する。そのために人間は生きているのです。

誰も愛さないで死んでいく人は、ほんとに可哀そうだと思います。結婚するとかしないとか、それは全く関係ない。誰かひとりでも愛する人にめぐりあう。それが一番、私たちが生きたという証しになるでしょう。

小説家として五百冊近くも本を出しました。様々な賞もたくさんもらいました。でも、そんなものよりも私の中に今も深く残っているのは、愛した人たちの思い出なのです。

この年になるまで、好きなことを好きなようにして生きてきました。自分のしたいことは何でもして生きてきました。心残りは全くありません。でも、後悔がひとつだけあります。

結婚していた二十五歳の時に、まだ「お母さん、行かないで」といえない三歳の娘を残して、家を飛び出したことです。一番に愛して責任を持って守らなければならない存在を、私は自分の欲望のために捨ててきました。

それが唯一の後悔です。今その娘は七十五歳になって、京都の嵯峨野にある私の自坊、寂庵にも度々訪ねて来るほど仲よくしています。それでも、抵抗できない小さなわが子の心を、深く傷つけた、その後悔は消えません。今では「お母さん」と、さりげなく呼んでくれるけれど、その度に心が痛みます。

こうした私の後悔も、人間にとって愛することや愛した思い出がいかに大切か、その裏返しの証しではないでしょうか。

愛することは許すこと

そして、この年になってようやくわかりましたが、愛することは許すことです。ほんとに愛したら、何でも許せます。

愛とは、自分以外の人の心を想像し、その願いや望みを叶えてあげたいというやさしさ、思いやりです。

だから愛する人が何をしても許す。泥棒だとか詐欺だとか、そんなことをしたからといって、ほんとに愛したら憎みきれません。

人間は甘いのです。恋人が面と向かってやさしい顔をしていたら、陰でどんな悪いことをしていても、それがわかっていても、許すでしょう。

実際には、人の道に反することは許せない、世間に申し訳が立たないといって、見捨てる人の方が多いかもしれない。でもそれは、ほんとに愛していないのでしょう。ほんとに愛していたら、もう仕方がないと思って、すべて許すはずです。

愛がなくなった時に、人間は許せなくなる。

たとえば、死刑宣告を受けて刑務所に長く入っている人がいます。そういう人のお母さんは、わが子が生きている間、ずっと見舞いつづけますよ。世間に対しては肩身が狭いでしょう。それでも死刑を宣告されたわが子を、ずっと支えるのです。

ある死刑囚が、そんなふうに自分を支えてくれたお母さんにあてて詠んだ感謝の句を見せてもらったことがあります。とても素敵な句でした。お母さんがいなかったら、その人は持ちこたえられなかったと思います。

世間からどんなに責められても、子を愛する親なればこそ、すべてを許せる。これは、いわば無償の愛です。

死刑囚のわが子を見舞ったところで何も返ってこない。それこそ世間の非難しか返ってこないかもしれません。でも、見舞わずにはいられない。これがほんとの愛情なのです。こうした母の愛は、すべての人間を許す仏さまや神さまの愛、「慈悲」や「アガペー」に近いものでしょう。

たしかにその人は死刑になるほどの罪を犯しました。けれどもその結果、お母さんからほんとの愛情を注がれました。それはひょっとすると、娑婆に生きる私たちよりも幸せなことなのかもしれません。

九十歳を超えても

愛することは、年齢と関係ありません。九十七歳になって、誰も愛していないかというとそんなことはない。いつでも誰か気になる人がいます。向こうはそうでもないかもしれないけれど、勝手にこっちが気にしている人がいる。

雨が降ったら「雨よ。ほら、ほら」。花が散ったら「あら、花が散っているわね」と、愛する人に話しかけたいのです。

そういう人がそばにいた方が楽しいに決まっています。そばにいなくても、心でその人の面影を描いて、「ああ、いい雨よ」と語りかける。片想いでもう十分。そういう存在があった方がいいですね、死ぬまで。

家族で暮らしているならいつでも愛する人に語りかけることが出来るでしょう。子供が大きくなっていく。「へえ、あの子も、こんなこと出来るようになったんだね」と、奥さんと旦那さんが語りあう。それが愛です。

どちらかが死んでしまったら、そんな会話が出来なくなります。年をとるにつれて、人は孤独になっていくでしょう。愛する人たちが次々に死んでいくから。だからこそ、いくつになっても、気になる誰かが必要なのだと思います。

自分のことを「寒巌枯木《かんがんこぼく》」と呼ぶのが口癖だったある老作家がいました。冷たい岩や枯れた木のように、世俗の情熱がすっかり消えうせたとの意味ですが、その彼が、九十歳の時に突如、四十歳の女性に熱烈な片想いをした。私はそれを間近で見ていました。

九十歳の長老が、原稿用紙二十枚の恋文を一日に三度も送ったり、彼が行くアルプス登山に、無理やりつれて行ったり。まわりが体を心配してとめても、頑として聞き入れないんです。

結局、その恋は実りませんでしたが、老作家は泣きながら、私にこう言いました。

「この恋のせめてもの救いは、肉欲が伴わない点です。しかし、だから嫉妬は五倍です」

人間は愛することを死ぬまでやめられない。それは肉体の衰えとは、全く関係なくて、むしろ、年齢を重ねるほど強く恋慕することもあると、心得ておきましょう。

この世で出逢えたことの有り難さ

誰かを心から愛する。それは、恋愛でも友情でも家族の愛でもいい。そうすると、すべてが「有り難い」感じになります。

今この時を生きていること、それがほんとに奇跡のように思えて、すべての事柄に感謝する。そんな気持ちが心から湧くというのは、自分が誰かを愛した時なのです。

だから、ほんとに愛したら何でも許せる。奇跡のような有り難い存在に対して、それを否定することが出来るはずがありません。

愛されたら余計にそうかもしれない。でも、愛されるというのは向こうの勝手だから、思うようにはいかない。思うようにいかないと、有り難いという気持ちが湧かなくなって、「こっちが愛しているんだから、そっちも愛してよ」と、まるで損得勘定のようになってしまう。

ほんとは、愛したら愛しっぱなしなんです。何の見返りも求めない。それがほんとの愛だと思います。

自分が好きだったら相手も同じくらい好きになってくれる、それが幸せと普通は思うでしょう。けれども、相手は自分ではない「他人」。だから恋人でも夫婦でも親友でも、あるいは親子でも自分の思うままにはならない。

やはり愛というのは、どの程度で自分があきらめて、相手を許すかということなのでしょう。十愛して、三返ってきたら大儲けです。それくらいが愛の相場だと覚悟した方が間違いないと思います。ただほんとは、何も返ってこないのが愛なんです。

私が好きになった男にはろくな人がいません。みんなほんとにダメな男です。でも、好きになる。反対に、放っておいても世の中でちゃんとやっていくような男は、私は全く好きになりません。

もともと私は男に甘いんですよ。だから好きになった男には何でもしてあげます。こっちが面倒を見なくていいような、ハキハキした男に心がむかないのは、そのせいかもしれません。

そもそも恋愛なんて、いつまでもつづかず、いつかは冷めるものだから、他に好きな人がでてきたら、やはりそっちがいいと思ってしまう。

非常に愛していたご主人と最近死に別れたという人が、寂庵にはたくさんいらっしゃいます。法話を聞きに来たり、写経をしに来たりで、みんな毎日泣いてばかりいると言います。ほんとに愛していたんでしょう。一年すぎても昨日亡くなったみたいに泣かれます。

ただ、今は泣いているけれど、あと三カ月も経てば、根が朗らかな人なら、きっとニコニコしているはずです。愛する人を失った悲しみも、恋愛と同じようにそう長くつづかない。有り難いことに、人間には忘却という能力、忘れる力があります。

それでもその三カ月はとても辛い。だから寂庵に慰めを求めてやって来るのです。

好きな人が亡くなった後、もっと好きな人が出来ることもあるでしょう。ひとりになることは淋しいから、好きだった人を亡くした悲しみを忘れていく。人間の心ってそんな頼りない、はかないものじゃないかなと思います。

でも、死に別れて十年経っても、二十年経っても、同じように辛いという人が、たまにいるんです。よほど縁の深い者同士だったのでしょう。そんな人には別れを悲しむのではなくて、その人にこの世で出逢えたことじたいが、とても有り難いこと、幸せなことだと思ってほしいですね。

自分を愛することの大切さ

若い人があまり恋愛しなくなったと聞きます。不思議ですね。どうしてこんな楽しいことに一生無縁でいいのか、もったいないなと思います。特に今の若い女の子は、若い男の子を男と思っていないのではないかしら。だから好きになれないのかもしれません。

でもね、人間は生きていて、誰かを愛する経験をした方が、生きてきた感じが切実にわかるのです。ところが、最近の若い人は傷つくのが嫌だと言います。

青春は恋と革命です。それは失敗や死をも怖れない情熱の発露でしょう。

私が九十一歳の時、千葉県の幕張メッセで、一万五千人くらいの若者たちを前に、夜九時くらいから法話をしたことがあります。各ブースでロックコンサートやトークショーが行われる、東日本大震災のチャリティーを兼ねたオールナイトイベントでした。

会場のすごい熱気に私も興奮して、開口一番、「青春は恋と革命だ！」って叫びました。そうしたら「ウワーッ！！！！」と大歓声。やはり最近の若い人にも、それに憧れるような情熱があるんです。誰かが少し背中を押してあげたらいいと思いますね。

情熱に身を任せて不倫でも何でもやってみたらいいじゃないですか。傷ついて別れたっていい、また誰かを好きになったらいいんです。

別れる辛さを身に染みて覚えたら、もしかしたら、素晴らしい詩や小説が出来るかもしれない。これ以上の楽しい恋愛はないということを経験した人でも、それはそれで何かのかたちで表現したくなるでしょう。

百冊の本を読むよりも一度の真剣な恋愛の方が、はるかに人間の心を、人生を豊かにします。経験者は語る、間違いありません。

もしかしたら、今の若者たちは自分のことが嫌いなのかもしれない。自分でさえ好きになれないそんな人間を、いったい誰が好きになってくれるでしょうか。自分を愛せない人は、人を愛することも出来ません。そうだとしたら、まずは自分を愛することから始めないといけないでしょうね。自分を魅力的な人間に鍛えなければなりません。

いくつになっても恋の雷が落ちる

若い人だけじゃない。四十代、五十代になると、恋愛なんてもう出来ないと思いこむ人が多いようです。それは、ほんとに好きな人とめぐりあっていないだけ。いくつになっても気になる人がでてきます。

誰かを好きになるというのは理屈ではない。あの人の顔がいいから好きとかお尻のかたちがいいから好きとか、そんなことは後で言うことで、好きになることに理由はありません。

恋は雷に打たれたようなものなんです。

何か理由があって好きなのはほんとの恋愛じゃないと思います。何かわけがわからないけれど好きになる。恋愛なんてそんなものです。

不倫だってそう。「結婚している人を好きになっちゃいけない」なんて言われても、ほんとに好きになったら止まりません。

昔は、よその旦那や女房と仲よくなったら牢屋に入れられました。姦通罪で警察に捕まって社会的に切られてしまったのです。

教科書にも作品がのっている詩人として高名な北原白秋は、隣家の夫人を好きになって結ばれたのがその夫に見つかり、訴えられて、相手の女と共に牢に入れられてしまいました。新進の詩人としての前途も狂ってしまいました。しかし、その後、牢を出て、素晴らしい詩を書き、詩人として立ち直っています。

芸術家でもなければ、彼のように立ち直ることは出来ないでしょう。世の中で立ち行かなくなった。それでも、不倫はこりずに人々の人生につきまとっていました。不倫はその後もいくらでもあったのです。

人間は誰かを愛するために生まれてきたのです。誰も愛さないで死んでいくことは、せっかく生きてきたのに惜しいことだと思います。

もちろん、愛したらいろんな苦しみがともないます。けれどもその苦しみを味わわないと、人間の真のやさしさとか想像力とか、本来的に人間に備わっている素晴らしい力が表に出てこないのではないでしょうか。相手に奥さんがあろうが旦那さんがあろうが、そんなのは問題じゃない。年齢だって関係ありません。

もしかしたら、今の四十代、五十代も自分を愛することが出来なくなっているのでしょうか。自信を失うと、人は誰かを愛することが出来なくなるものです。

私の最後の不倫相手は四歳年下の作家、井上光晴さんでした。五十一歳で出家する直前まで八年ほど関係がつづいていたから、彼との腐れ縁を断ち切るのも出家するひとつのきっかけではありました。

ある日、井上さんと二人でテレビをぼーっと見ている時に、「出家しようかな」とつぶやいたのです。そうしたら、彼が「それは、いい」と目を輝かせた。彼も潮時を感じていたのでしょう。

井上さんが六十六歳で亡くなった後、奥さんの郁子さんとは、とても仲よくなったのです。私の小説を誰よりも先に読んでくれて、批評の葉書を度々くれました。それがとても的を射ていた。そうそう、お二人の娘で作家の井上荒野《あれの》さんが『あちらにいる鬼』という題で、最近私たち三人をモデルに小説を書きあげました。私が「なんでも話してあげるから、あなた書きなさいよ」とすすめたのですが、思った以上の傑作に仕上げてくれました。

娘の方がお父さんよりもずっと才能があります。お母さんも夫以上だったけれど。

「一人」を愛するのが一番幸せ

人を好きになるのは雷が落ちるようなものだから仕方がありません。不倫してはいけないといっても好きになる。

ただ、一言付け加えておくと、男は代えれば代えるほど悪くなる。これも経験者は語るだからよく覚えておいて下さい。どんなに代えてもせいぜい似たような相手ばかり。好みは変わりませんからね。愛する人が一人で終わったら、それが一番幸せなのは言うまでもないでしょう。

上皇后美智子さまが皇后陛下時代、私の小説を読んで下さっていて時折、文通をしたこともあります。

美智子さまは和歌が素晴らしくお上手で、特に上皇陛下のことを詠まれた、相聞歌がとても素晴らしい。

ある時、「相聞歌をまとめたご本をお出しになったらいかがですか」と手紙に書いたことがあります。「そうしたら、国民も美智子さまのことをよりよくお慕いするでしょう」と。

しばらくして、皇居のお住まいに呼ばれました。ああいう方でも誰かに一対一で聞いてもらいたいことがあるのかなと思って、呑気《のんき》に出かけたのです。

「寂聴さん、こんなに原稿があるのよ」

そんなふうにおっしゃって、ご自分の字で書いた相聞歌の原稿をたくさん見せて下さいました。

あんなにおきれいで、教養のある素敵な方なら、皇室に嫁がなかった方が幸せだったんじゃないかなどと、私たちは考えがちです。かつて美智子さまは、いじめられて声も出なくなったと報じられたこともありました。何で自らわざわざ苦労の多いところにお嫁に行ったのか。世間ではそんなふうに思っている人も多いことでしょう。

「寂聴さんも、そう思っているでしょう?」

その時、ふいに美智子さまがおっしゃったんです。びっくりしたけれど、仕方がないから「はい」と答えました。

「私は小さい頃からずっと優等生でした」と、美智子さまはお話を始められました。学校の勉強もよくでき、母の言うこともよく聞いて、本当に優等生だった。学生時代から勉強一途で、ボーイフレンドなど一人もいたこともなかった。「全く恋愛の経験がなかった」とおっしゃるんです。

そして皇太子だった上皇陛下が、一般女性だった美智子さまと軽井沢でテニスをして、好きになられて電話をかけてきてくれた。それが男性に告白された初めての経験だったそうです。

「初めてだったから、ほんとに嬉しかったのよ」

美智子さまはそんなふうにおっしゃいました。だから「結婚してくれ」といわれた時に、いっぺんに燃えあがって、喜んでお嫁に行こうと思われたそうです。

ところが、うちじゅうが大反対。「あんなところに嫁げば大変な苦労をする」と、御両親もきょうだいたちもみんなが反対した。でも、初めて好きになった人だったから、どんな苦労をしてもいいと頑張って、とうとうご自分の意志をつらぬかれた。

「だから、どんな苦労があっても辛抱できたのです」

そんなふうにおっしゃいました。お二人は今もずうっと仲よくしていらっしゃいます。皇太子さまのプロポーズとあっては断るわけにはいかない。それが理由じゃないんです。美智子さまは生まれて初めて男性を好きになられたから、自分がどうしても結婚したいと思ったから皇室に嫁がれたのです。

だから「相聞歌を寂聴さんがほめてくれたのがとても嬉しかった」と。

美智子さまは、私がこの年まで生きてきてお会いした中で、最高の日本の女性の鑑《かがみ》です。やはり誰にとっても、ただ一人を愛することこそ、人生の一番の幸せということなのでしょう。

子供は愛の授かりもの

男同士、女同士が恋愛するのもいいじゃないですか。日本は昔、殿様と家来とか、男同士の性愛が当たり前でした。そういう関係に決まりはないと思います。

よくそういう女性に好かれるので、気持ちはわかるつもりです。でも、私は男が好き。自分では女には友情しか感じません。ただ、出家するずいぶん前に、小説家だから一回くらいそういうことをやってみなきゃいけないかと思って、しようとしたことがあるんです。

相手は背広を着て、いつも男の恰好をしている清潔できれいな女の人でした。私はレズビアンの彼女は男役だとばかり思っていた。そうしたら女役だったのです。

お布団を敷いて「どうしたらいいの？」と聞いたら、もぞもぞして「私、女役なの」。「そんな、私、男役なんて出来ないよ」と驚いて、「もう、やめよう」と。笑いながらお布団をかたづけて、二人でお酒を飲んでお終《しま》いです。

彼女とはずっと仲のいい友人としてつき合いました。けれども私が出家した後、彼女もだまって出家したのには驚いてしまいました。お互い出家者になってからは自然につき合いが薄くなり、彼女は私より若いのに早々と亡くなってしまいました。

思い返せばいろんなことがあったものです。

なかでも、女と生まれて、一度は結婚し、一人でも自分の子供を産むことが出来たのは、やはり有り難いことだったと思います。

私の一人娘はもうすでに夫に先だたれ、未亡人になり、七十五歳になっています。娘の子供、つまり私の孫は男と女と一人ずついて、曾孫が三人います。三人とも女の子です。一人でも自分の腹を痛めた子を産んでおくとそうやって子孫が増えていくのです。曾孫たちは、三人とも外国育ちで英語しか話せません。でも、これからどんなに素晴らしく成長するかわからない。

ただ、私は母親ではないのです。やはり自分で育てなかったら母親とは呼べない。別れた夫が結婚した後妻さんが、娘を大事に育ててくれました。その人が娘のほんとの母親です。彼女は私のひとつ年下ですが、私同様、長生きで、まだ健康です。両方ともなかなか死なない。

二人の孫のうち、男の方はタイで暮らしています。タイ人との間に子供を一人授かりました。孫娘はニューヨークで弁護士をしていて、双子を授かっています。

この孫娘はニューヨークとは別の州の弁護士免許も持っていて、「人権派」の弁護士として、あちこち飛びまわっています。ぜんぜん儲からない裁判ばかりやっているものだから、彼女の父親は生前、「ヘンなところがおばあちゃんに似た」なんて、ずっと愚痴っていたそうです。

彼女にいわせると、ニューヨークあたりだと隣も向かいも全部、同性愛者。そして、アメリカではたとえばレズビアンが「精子提供」で子供を産んだりするのも、ごく当たり前だそうです。日本も何年かしたらそういうふうになると、彼女は言います。

それはともかく、孫や曾孫は、ただただ可愛い。娘に対して感じる複雑な愛情とは全く違います。やはり「責任」がないからでしょう。

手放すなかれ

二十五歳で、母親としての責任を投げだしたために、いまだに私には、どこか自分は幸せになってはいけないという苦い思いがつきまとっています。

三歳の娘を置いて家出してまで作家を目指したものの、京都の小さな出版社に勤めながら書いた少女小説が懸賞に入選して、上京した時にはもう二十八歳になっていました。「三谷晴美」というペンネームで、「少女世界」や「ひまわり」、「小学六年生」、「女学生の友」といった雑誌に少女小説を片っぱしから書きました。

三谷は私の旧姓です。父が親戚の「瀬戸内」の養子に入って改姓したので、私も徳島高等女学校の頃に「瀬戸内晴美」になりました。ただ、少女小説家・三谷晴美の名付け親は、実は三島由紀夫さんです。京都の出版社時代に三島さんにファンレターを出して以来、たまに文通をするようになった縁で、いくつかの候補の中から三島さんに選んでもらったペンネームでした。

いろいろ報告する中で、三島さんから「そういう時は名付け親に原稿料の一部を必ず送るのが礼儀です」と返事が来ました。冗談めかして三島さんは私にそういう礼儀を教えてくれたのだと思います。

原稿料は一枚七十円ほどと安かったんです。ただ、当時はその手の雑誌がたくさんあったから、御用聞きみたいに「何でも書きます」といって出版社の中をひと回りすると、次々と仕事が入りました。数年で、一流企業の中堅社員の月給くらいはお金が稼げるようになりました。

でも、文芸誌には全く認められなくて、「少女小説なんか書いているやつはろくでもない」などと、ずいぶんいじめられました。

それでも三十四歳の時に「女子大生・曲愛玲《チュイアイリン》」で新潮同人雑誌賞をもらい、受賞後第一作として『花芯』を発表して、本格的に小説家・瀬戸内晴美としてデビューしました。当時は、若くて美しい曽野綾子さんや有吉佐和子さんが「才女」と呼ばれてもてはやされていました。その後に世に出た私は「遅れてきた才女」などといわれたものです。

ところが、子供を捨てて不倫に走る女の性を描いた『花芯』は「ポルノ小説」と大批判されました。作品中に「子宮」ということばがたくさん出てくるとかで、「子宮作家」と揶揄《やゆ》もされました。

おとなしくしていたらよかったのでしょうが、私は腹が立って、「こんなことを言う批評家や小説家はインポテンツで、女房は不感症だろう」などと、われながら辛辣な反論を書いたんです。そうしたら火に油で、いっそう悪口雑言を書かれるようになった。

『花芯』はもともと文芸誌の「新潮」に掲載された作品だったので、新潮社に行って、「斎藤天皇」と呼ばれていた斎藤十一《じゅういち》という凄腕の編集長に直談判したこともあります。

斎藤さんは玄関に突っ立ったまま、「なんだ?」と、睨みつけました。

「おたくに書いた小説でひどい目にあっています。だから、反駁《はんばく》文を新潮に書かせて下さい」

とお願いしたら、斎藤さんは「バカ！」と一喝。

「小説家の暖簾《のれん》を掲げた以上、そんなお嬢さんみたいなことを言うんじゃない。小説家というのは、自分の恥を書きちらかして、銭をとるもんだ。顔を洗って出直せ」と、えらい剣幕で怒鳴られて、追い返された。でも、しょんぼりとすごすご帰ったというわけではありません。

斎藤さんに一喝されて目がさめました。「ああ、そうか。自分の恥を書きちらかして銭をとるのが小説家か」と、はっきり肚が坐りました。

結局、五年ほど、どの文芸誌にも書かせてもらえなかったのですが、その後も斎藤さんは何かと目をかけてくれました。しばらくして、「もう好きなことをしていい。何を書いても大丈夫だ」。そして最後には「もうあんたには何も言うことはありません。ご立派になりましたね」といってくれたのです。

あの斎藤さんのお叱りがなかったら、私は今のような小説家にはなれなかったでしょう。そして、娘を置いて家を出ていなかったら、一編の小説さえ書くことはなかった。

人間、何が幸いするか、あるいは災いに転じるか、ほんとに先のことはわかりません。

ただ、私の歩んできた日々の一つひとつに何か意味があったのと同じように、私がただ一人のわが娘を愛しきれなかった母親であるという事実にも、やはり意味がある。だからこそ、その後悔は、たとえ小説家として名を残せても、孫や曾孫が何人あっても、死を迎えたその後も、永遠に消えないでしょう。

幼い子供がいる奥さんから「離婚したい」という相談を受けるたび、私は「子供を連れて家を出られるなら離婚でも何でもしたらいい。でも、子供を連れて行けないなら辛抱しなさい」と答えます。「子供を手放したら、絶対に後悔しますよ」と。これも経験者は語るで、間違いない結論でしょう。

見返りを欲しがる「渇愛」

ここまで、愛についてお話ししてきました。

仏教では、「渇愛」と「慈悲」の二つの愛情を定めています。

渇愛は、喉が渇いた時に「もっとお水をちょうだい」とねだるのと同じように、「もっと愛してちょうだい、もっと、もっと」と、相手の愛が欲しくてしようがない愛情です。

「あなたに十の愛情をあげたから、私には十二の愛情をちょうだい」「ネクタイをあげたから、私にはグッチのハンドバッグをちょうだい」と、利子がつかないと気にいらない。見返りがないと恨んだり憎んだりする。そうした愛情が渇愛です。

今の銀行預金にはほとんど利子がつきませんが、やがて昔のような高金利になるかもしれません。愛情は本質的に無利子ですが、私たちはお互いに高い利子を要求しあう。自分は十あげたからあなたからは十二が欲しい、十二を得れば十四、十四の次は十六と、欲望は際限がなくなって、お互い苦しくなって破綻するのです。

親子でもそういうことがあります。親は「これだけ苦労して大学まで入れたんだから、老後の面倒を見てちょうだい」と子供に要求したり期待したりする。でも、子供の方は勝手に結婚して家を出て、親のところにぜんぜん寄りつかない。すると悔しくなって、「あの嫁が悪い」「あの婿がダメ」と悪態をつく。まさに渇愛です。

お友だちづき合いもそうでしょう。季節の果物をおすそ分けすることがありますね。その時に、つい「お返しは何かな」と期待する。何も返ってこないと「あの人はケチだ」なんて怒りだす。

怒るくらいなら、はじめからあげなければいいのにと思いますが、それがなかなか出来ません。相手にもっと好かれたいと思うからおすそ分けをする。それでいてお返しがないと恨みに思う。これもまた渇愛でしょう。

もちろんお釈迦さまは、そのような渇愛を強くいましめています。渇愛は私たちの煩悩の中で一番強い煩悩、抗しがたい煩悩です。見返りを求める愛情の苦しみや迷いが最も大きいと仏教では説いているのです。

「慈悲」はあげっぱなしの愛

渇愛に対して、仏教が設定しているもうひとつの愛が「慈悲」です。

慈悲は無償の愛、報酬を求めない愛です。一切の見返りを求めない、あげっぱなしの愛情が慈悲なのです。

さきほど、愛は本質的に無利子だと言い、愛とは許すことだという話もしてきました。つまり慈悲の愛を身につけなさいとお釈迦さまは教えているのです。

口で言うのは簡単ですが、たとえば何を贈ってもお礼一ついわないようなお隣さんに「今度はクッキーを焼いて持っていってあげよう」と、何の屈託もなく思えるでしょうか。普通は出来ないでしょう。

けれども、それを嬉々としてやるのが慈悲なのです。慈悲の愛を持っていたら相手が何をしても、あるいは何もしなくても全部許せる。

それはいわば神や仏の愛です。仏さまも神さまも、私たちに「お返しをくれ」なんて、そんなケチなことは一切言いません。

私たちは神や仏ではない。女も男も死ぬまで「凡夫《ぼんぷ》」、バカな人間です。いつも渇愛に苦しめられる。気にいらないことをされたら腹が立って、相手を許すことが出来なくなる。

でも、凡夫であったとしても、ほんとに愛している人が相手なら、許すことが出来るでしょう。愛というのは、相手の欲するところを与えるものですから。

愛する人が違う女のところに行ってしまった時。腸《はらわた》が煮えくり返るほど悔しいけれど、ほんとに愛していたら「あの人がそこで幸せなら、まあ仕方がないか」と思えるし、「幸せになりなさい」と言えるはずなんです。

私たちは誰かを愛することによって苦しむ。けれども、誰かを愛することによってしか、慈悲というほんとの愛に近づくことが出来ないことも、また確かなのです。

憎しみの気持ちが憐れみに変わったり、相手が可哀そうになって許せるようになったり、ひたすらその人の幸せだけを願ったり——誰か一人でもほんとに愛することが出来たなら、そんな慈悲の心を身に染みて感じることが出来ると思います。

お釈迦さまは「この世は苦だ」とおっしゃいました。その一方で、亡くなる時には、「この世は美しい。人の心は甘美である」と、私たちの存在を全肯定することばを残して下さいました。

これこそが、まさにお釈迦さまの慈悲です。それと同時に、人間が持つ「愛する力」を賛美することばだったと私は思います。

第二章

「ひとり」は淋しいか

何度繰り返しても「別れ」は辛く苦しい

この世で一番辛いのは、愛する人と死に別れることです。愛する人が自分よりも先に死ぬ。可愛い子供、仲のいい夫、恋人、不倫の相手、親友が死ぬ。いろいろあります。やはり愛する人が死ぬのが一番辛いでしょう。

九十七年も生きてしまった私は、かつて愛した人が、全部死にました。一人も残っていません。仲よくした人は、全部この世からいなくなりました。

ここ数年、親しかった仕事仲間がたくさん亡くなっています。もちろんみんな私より年下です。いちいち名前をあげるのはやめておきましょう。人間は、いつか死ぬものだから仕方がないとはいえ、やはり心は乱れるものです。

足が弱って、人混みは車椅子で移動しないとならないから、葬式にも出かけられません。ただ二〇一九年二月、私の実家の瀬戸内神仏具店を継いでいた甥の敬治が死んだ時には、徳島市まで行って弔辞を述べました。平静のつもりでいても、喋《しゃべ》っているうちに涙がこぼれました。

葬式の翌日、私と六十六歳違いの寂庵の秘書、瀬尾まなほが、敬治の思い出話をしながら、おいおい泣くんです。敬治は若い彼女のことをとても可愛がっていたから。私ももらい泣きしました。

まなほは「先生が誰かのために泣くところをはじめて見た」なんて、びっくりしていたようです。

ごく親しい人を亡くした人、たとえば最近、仲のいい連れ合いが死んだという人は、みんな同じように悲しがります。

そういう孤独は、ほんとは慰めようがない。ごはんを食べようと思ったら、いない。突然雨が降ってきた時「降ってきたね」と言いたいのに、いない。この間まで一緒にいた人がもうこの世にいないのだから、何をするにも孤独を感じてしまう。それはこの上なく辛いことです。

私のところにも、そんな友だちから毎日電話がかかってくる。しっかりした人だけれど、やはり連れ合いを亡くしたことが辛い、孤独が淋しい。

「そうね、辛いね、淋しいね」

私には話を聞いてあげることしか出来ません。そして彼女も、ただ話を聞いてほしいだけなのでしょう。誰かに話すだけでも気持ちは楽になるから。

愛する人を亡くした悲しみを癒すのは、時間しかない。だんだんと孤独に慣れていくしかないのです。

文学で名作といわれるものは、すべて愛と孤独をテーマに書かれた作品といって間違いないでしょう。たとえば『源氏物語』には、光源氏と女たちの愛の軌跡だけでなく、彼らの孤独も描かれています。

私は人間について書きたいと思い、小説の中に描いてきました。人間を書くということは、要するに人間の愛と孤独について描くことです。

実は愛のうえにも、皮膚のように孤独が張りついています。だから孤独を飼い馴《な》らすことこそ、私たちが生きるということなのかもしれません。

「面影」に語りかける

現実に逢って、お互いの姿を見て、触れて、話していた時よりも、別れて、目の前からいなくなった後の方が、その人のいろいろなしぐさや表情、ことばなどが、くっきり思いだされて、ずっと身近に感じられることがあるでしょう。

愛する人を亡くした悲しみを慰めるために、たとえばお位牌がある。あの世を信じて、愛する人が仏さんになったと思えば、語りかけることが出来る。

お位牌なんてほんとはただの木。けれども、そこに名前が書いてあって、それが自分の愛する人だと思えたら、「今日は雨が降っているのよ」なんて語りかけることが出来る。それで少しは慰められるでしょう。お位牌は何の返事もしてくれないけれど。

普通はお骨を墓や納骨堂に納めます。お寺などにお金を払ってあずかってもらう。けれども、ほんとに好きな人の骨だったら、自分のそばに置いておいて、語りかけたらいいのです。

「今日はこんなことがあった」「明日はあんなことがある」とか、「あなただったらこんな時にどうしたらいいと思う?」と、ビールでも飲みながら語りかけたら淋しくないじゃないですか。

お位牌よりもその方が身近に感じやすいと思います。お骨だからといって何も怖がることはないですよ。

私の知り合いで、愛した人の骨を食べている人がいて、その話をしたら、たくさんの人が真似《まね》しだしました。私もちょっと食べたことがあります。焼いてあるし、カルシウムだから体に害はないだろうと。ただ、おいしくも何ともない。

こうしたことも残されたものの慰めになるんです。お骨を前にして何かと語りかけながら、愛する人の面影とお酒を酌み交わす。お腹が空《す》いてきたら骨をちょっともらっておつまみにしたらいいんです。

五百坪のがらんどうの造成地に寂庵を建てたのは昭和五十年、もう四十四年も前のことです。木なんか一本もなかった。お祝いに訪ねてくれたお友だちたちと「ドッグレースが出来そうな庭だ」なんていって笑ったこともありました。

私は「お祝いを下さるなら、お好きな苗木を一本下さい」とお願いしました。そうしたら、みなさんが一本ずつ、ご自分で好きな場所に苗木を植えてくれたんです。

今や、その苗木が大木になって、寂庵の庭は森のようになっています。

寂庵が出来た当時、まわりは広々と畑に囲まれていて、座敷からでも遠い東山連峰が望めました。それが今では、寂庵のまわりに家がびっしり建ってしまって、安閑としていた嵯峨野の趣もすっかり変わってしまいました。

それでも寂庵の門の中は、別世界のように静謐《せいひつ》が保たれています。

木々を植えていったお友だちは、大方あの世に旅立ちました。ただ、みなさんが植えて下さった木々は、年と共に育ち、季節ごとにそれぞれの花を咲かせています。それがお友だちたちのなつかしい顔を思いださせてくれるのです。

「ほらほら、今年もあなたの花が咲いたわよ、とてもきれいね」

見たらこっちの木はあの人の、あっちの木はあの時の、と全部わかります。私はそんなふうに愛する人たちの面影に語りかけています。

亡くなった人の愛用品でもいいでしょう。何かを手がかりに語りかけることが出来たら、ひとりの淋しさを少しは慰めることが出来るのです。

孤独は人間の皮膚、苦しみは人間の肉

私たちは幸福な時、あるいは自分は幸福だと思っている時には、皮膚のように自分にくっついている孤独に気がつきません。

私たちが自分の孤独に気づくのは、自分が不幸だと思った時でしょう。

お金がない時、病気になった時、試験に落ちた時、何かの競争に負けた時、自分の意見が通らない時、仲間外れにされた時、誰かに裏切られた時、愛する人の不幸を自分の

力で慰められないと気づいた時、そして愛する人との生き別れ、あるいは死に別れ……。

私たちが不幸だと思う時を数えあげたらきりがありません。

自分は今苦しんでいると思い知った時に、人間はその身に張りついている孤独と出逢い、はっきり顔を合わせるのです。

孤独が人間の皮膚なら、苦しみは人間の肉でしょう。二つは決して離れることが出来ない関係です。

お釈迦さまは「この世は、はじめから苦しみの世の中だ」と教えています。みなさんよくご存知の「四苦八苦」ですね。

四苦とは、生、老、病、死の四つ。生まれる苦しみ、老いる苦しみ、病気になる苦しみ、死ぬ苦しみです。

さらに四つの苦しみ、愛別離苦《あいべつりく》、怨憎会苦《おんぞうえく》、求不得苦《ぐふとくく》、五蘊盛苦《ごうんじょうく》があります。愛する者と別れる苦しみ、怨み憎む者とも会わなければならない苦しみ、欲しいものが求めても手に入らない苦しみ。

そして五蘊盛苦は、人間の存在を構成する五つの要素（体、感覚、知覚、意覚、認識）に執着することによって受ける苦しみ。これは、前にあげた七つの苦しみを集約するものといえます。

生きていくうえで、私たちはこの四苦八苦からどうしても逃れることが出来ないというのがお釈迦さまの教えなのです。

愛する人を亡くした時、人は否応なく孤独を感じます。ただ、それだけじゃない。私たちは、四苦八苦の世の中を生きているのだから、孤独と出逢うチャンスには事欠かないのです。

「ひとり」になることは淋しい

だから、いくら自分のそばに人が集まってきても結局、人間は孤独、「ひとり」です。

ただ、それが心に深くわかるのは、九十歳を過ぎてから。八十代だとまだわからないと思います。
私は五十一歳で出家して尼僧になってからずっと一人暮らしです。九十七歳になった今も、日中は寂庵の三人のスタッフがそばにいて、仕事の手伝いや食事の世話などをしてくれますが、夜はひとり。だから「ひとりで淋しくないですか」と聞かれることが度々あります。

たしかに出家するまでは、人生に疲れて孤独で死んでしまいたい時も、虚しくて気が狂うのではないかと怖れる気持ちも味わっています。でも出家して、瀬戸内晴美から瀬戸内寂聴になってからは、次第にそういう孤独感が薄くなりました。

いつでも仏さまが私のそばにいらっしゃると信じているから、もう耐え難いほどの孤独は、感じなくなっているのでしょう。

ただ、ひとりの夜が全く淋しくないかといえば、嘘になります。何だか心細くなって、用もないのに急にお友だちに電話をかけることもある。そんなことは滅多にないから、「あら、珍しい。もうすぐお迎えが来るのかしら」なんて、余計な心配をさせているかもしれません。

もちろん、みなさん一人ひとりの孤独と、九十七歳の老尼、そして作家の孤独とでは、質も量も違うでしょう。でも、人間は孤独という同じ宿命を持っているからこそ、お互いに理解しあえるし、愛しあえるのだと思います。

やはり人間は弱いから、いくつになっても自分にやさしくしてくれる他者を求めている。求めるけれど、ほんとはそんな存在なんかないのね、なぜならひとりだから。ほんとは他者によって慰められる孤独はありません。要するに人間はどこまでも孤独で淋しい存在なのです。それゆえに宗教があるのでしょう。


そうそう、「なぜ出家したのか」というのも昔からよく聞かれます。「わからない、どうしてかしら」というのが私の正直な答えです。いわく言い難い微妙なもので、全体はどうしても一言でいえない。

男との関係を断ち切るためとか、流行作家としての暮らしが虚しくなったからとか、自分の文学を高めるためとか、またある時は親しくしていた三島由紀夫と川端康成が相次いで自殺した影響、戦争末期に防空壕で自殺のようにして五十一歳で焼死した母の供養のため――いろいろと私もいったり、まわりからいわれたりしますが、やはりそれらだけじゃありません。

ほんとに「仏縁」としか言いようがないんです。最近では面倒だから「更年期のヒステリーだった」と話しています。更年期もひどくなると非常に苦しい。結果的に、私は出家したおかげで、人生の難局をうまく乗り切ったと思います。

お釈迦さまもたくさんの弟子たちを愛し、共に暮らしました。その弟子たちがどんどん死んでいく。それはやはり淋しかったでしょう。ただ、お釈迦さまは「人間はひとり」と身に染みてわかっていました。

ひとりになったら強くならないと生きていけない。誰にも甘えられないのだから。そばに相手がいたら、何か慰めがあったりしますが、ひとりの時は自分で考えて自分で動くしかない。それがお釈迦さまの生き方だったともいえるでしょう。

だからほんとは、ひとりは淋しいものであると同時に、力強いものでもあるんです。「一人」と書くと情けなくなるから、漢字を思い浮かべるなら「独り」がいいですね。

人と共に住するも独なり

私が座右の銘にしている大好きなことばのひとつに、時宗の宗祖の一遍上人が残した法語があります。

「生ぜしもひとりなり、死するも独なり。されば人と共に住するも独なり、そひはつべき人なき故なり」(一遍上人語録)

これは、人間は本質的に孤独な存在だということを説いたことばです。つまり、生まれた時から死ぬまで、人はひとりだといっています。

「人間とは生まれる時もひとりなら、死ぬ時もひとりである。また、人と一緒に暮らしていてもやはりひとりなのだ。死ぬ時まで一緒に死ねる人はいないのだから」

そう一遍上人はいっています。この法語にはじめて触れた時、「人と共に住するも独なり」ということばに強い衝撃を受けました。

よく夫婦は、共白髪まで添い果てるとか偕老同穴《かいろうどうけつ》などと言います。夫婦は仲よく睦び添いとげ、死んでからも同じ墓に葬られて一緒だと。そういう甘い考え方を一遍上人が全否定していたからです。

どんなに家族で愛しあっていても、結局は自分ひとり。自分の心をわかっているのは自分だけなのです。

人はひとりで生まれて、ひとりで死んでいくのです。たとえ双子でも、生まれて来る時は、ひとりずつ出てきます。どんなに愛しあった夫婦でも恋人同士でも、一緒には死ねません。

どちらかが先に死に、どちらかが後に残ります。お互いにしっかり体を結びあって心中しても、自分だけが生き残るかもしれないし、自分だけが死んで相手は生き残るかもしれない。一緒に首を吊っても、どちらかは綱が切れて助かるかもしれません。そして死んだ者には、相手が自分と一緒に死にきってくれたか確かめることが出来ないのです。ひとり生まれ、ひとり死すべきものとして、人間はつくられ、この世に送りだされている。もともと人間は孤独であり、それが人間の宿命なのです。

私たちは生きていく時、逃れようのない孤独というものをしっかり覚悟しておかなければなりません。けれども、人はひとりの淋しさに耐えられない。だから孤独を直視してまともに見つめようとしないのです。

自分が淋しいから人の淋しさもわかる

人は孤独だから互いに手をつなぎ、肌と肌であたためあおうとします。心と心で語りあいたいと思い、そういう相手を求める。自分の孤独をわかってくれる相手、孤独を分かちあえる相手がいつでも欲しい。

みなさんよくご存知のように、人という字は、二人の人間がお互いに寄り添い、支えあっている形をあらわしています。この象形文字を考えついた人は、きっと人間は本来孤独だという人間の宿命を知っていたのでしょう。人は誰かと心や体で触れあっていなければ生きられないということを、ちゃんとわかっていたのかもしれません。

人の間と書いて人間です。こちらの意味は、人は人々の間でしか生きられないということでしょう。人と人との交わりの中に人の暮らしがある。それでいて、結局、人はひとり、人間は孤独なのです。

もし、自分は孤独ではないと思っているなら、それは一種の幻覚にすぎないのではないかしら。

人間は、孤独で淋しいのが当たり前なのです。自分が淋しいから、人の淋しさもわかる。自分はこんなに淋しいんだから、あの人もきっと人恋しいんだろうと思いやった時に、相手に対して同情や共感が生まれ、理解が成り立ち、愛が生まれるのです。

愛とは思いやる心です。だから、ほんとに自分が孤独だと感じたことがない人は、真に人を愛せません。そういう人が愛していると思っているのは、やはり錯覚で、その愛はまやかしの愛にすぎないでしょう。

人間は命を授かったその瞬間から孤独で、孤独の中から一歩も出ることは出来ないということをしっかり認識すべきです。

母親の胎内にいる時、胎児は自分の両腕で、折り曲げた両膝を抱えこんで、うつむいた頭を膝に押しつけています。何て淋しそうな姿でしょう。人は胎児の時から孤独だったのだと、思い知らされます。

だから人はほんとに孤独で淋しい時、思わず胎児と同じ格好をして悲しむのです。私の好きな作家の一人、坂口安吾は「孤独は、人のふるさとだ」と言いました。そのとおりだと思います。

私たちは孤独をしっかり自覚して、それでも力強く、誰かを愛しながら生きていきたいものです。

孤独に甘えてはならない

人間は本来、孤独な存在で、どんなに愛し愛されても「ひとり」です。これから恋愛しよう、結婚しようという人には悪いけれど、どんなに相手を愛していても、結局、人間は孤独です。

セックスすることを「ひとつになる」とか言うでしょう。でも、相手はマリリン・モンローを思ってしているかもしれないし、自分だってイ・ビョンホンを思い浮かべているかもしれない。やはり同床異夢で、相手が何を思っているかはわからない。それは仕方がないことです。

どんなに愛しあっていても、ひとつのベッドで肌を合わせ抱きあって寝ても、二人でひとつの夢を見ることは出来ない。お互いに別々の夢を見て、相手の夢の中にまでは、入っていけないのです。

もちろん、夢の中だけではありません。一緒にご飯を食べている時だって、この味を相手がどんなふうに感じているか。「おいしい」といっているけれど、ほんとはどう思っているかわからない。

どこまで行っても人間というものは、やはり孤独なのです。

私たちはそうした孤独の真実をなかなか自覚できません。だからたとえば、恋人に捨てられたり夫に裏切られたりすると、「自分は今、ひとりぽっちだ」などと思い、すぐ感傷的になるのです。

この世の不幸を背負っているのは自分ひとりというような顔をして、自分の不幸に溺れこんで、まわりの人々に訴え、慰めてもらうのが当然のようにふるまう人がよくいるでしょう。

あれは大変な見当違いです。孤独は、自分ひとりが背負わなければならないお荷物なのです。人に片棒をかついでもらえるものではない。人間の宿命である孤独の苦しさや淋しさをほんとにわかってくれるのは、仏さまや神さましかいないのです。

食べるものも食べず、化粧も忘れて泣き悲しんで、「淋しいのよ」などと誰かに言いつづけても、孤独から抜け出せるわけではありません。そういう態度は「甘え」以外の何ものでもないでしょう。

自分の淋しさに甘えるなんて、それは、いわばお芝居です。私たちはそれよりも現実を探究する科学者の目で、孤独としっかり向きあいましょう。心を落ちつけて自分の不幸の正体を見極めましょう。

恋人に捨てられたり、夫に裏切られたりした時でも、食べるものをしっかり食べて、ちゃんとお化粧もして、晴れやかな自分の顔を保つようにして下さい。それは誰のためでもない、自分のためです。それが自分のプライドです。

化粧だけじゃない。美容院に行ってヘアスタイルを変える、新しい服を買う、映画を観る、カラオケに行く、旅に出る。自分に同情し、自分で自分を励まし、自分を可愛がってあげましょう。他人に慰めを期待したり、強要したりするのは、もうやめて、いっそ清々しくいきましょう。

そうすると、心にゆとりが生まれて、自分だけがこんなにも不幸だと思いこんでいたことが、何と世にありふれたことだったのかと、あらためて気がつくはずです。

孤独と上手につき合うにはどうしたらいいのか。それは孤独にさからわず、身をまかせきってしまうことでしょう。孤独と一体になってしまえたら、もう孤独は孤独でなくなります。

老いのもたらす孤独

私たちはみんな、生まれたその瞬間から老いに向かって生きています。年をとるのは当たり前のことなのに、私たちはその宿命に対して、何か特別な恐怖心を抱くのです。

とりわけ今の日本では、老後の生活に対する不安が強まっているようです。何をするにしてもお金がかかりますが、年金もあてにならない、働くこともままならない。「下流老人」などということばを他人事《ひとごと》と思えない人たちがたくさんいますね。

家があって、一緒に暮らす家族がいて、病気になっても家族がちゃんと看てくれて、死ぬ時は病院じゃなく家で死ねるという状態が、昔のように当たり前だったら、年をとることも怖くないでしょう。同居するお孫さんがいて、いつも「おじいちゃん」「おばあちゃん」なんて呼んでくれたら淋しくもないでしょう。

でも今は、そういう家庭はあまりない。いざとなったら施設や病院のお世話になるしかありません。だから、みんな老いを恐れる。

要するに、老いのもたらす孤独が怖いのです。

恋を失った孤独なら、また新しい恋人が出来ればかき消されるでしょう。友人にそむかれた孤独も、新しい友人が出来れば消える日がきます。

愛する人に先立たれた孤独も、歳月という日にち薬が、薄紙をはがすように次第に痛みをやわらげてくれるでしょう。

私たちが日常的に感じるような孤独には、その正体をよく見極めれば、何か原因があるものです。その原因を取り除いたら、原因の結果として生まれる孤独感は自然に消滅に向かいます。

ただ、老いのもたらす孤独だけは、その因を探ると生につながるのです。

老いは、生まれた時にはすでに命の中にあるものだから、ほんとは始末できないのです。どうしても老いから逃げたいと思うなら早死にするしかない。人間は死によって、はじめて老いから解放されます。

ただし、自殺は絶対できない。「殺すなかれ、殺させるなかれ」。これが仏教の一番尊い教えなんですね。私の命もあなたの命も等しく有り難いもの。自殺は自分を殺すことだから、絶対にしてはならないのです。

老いは私たちと別れて旅立ってくれません。私たちは死ぬまで老いにしがみつかれ、老いと共に、生きていくしかないのです。

それなら、私たちは老いのもたらす孤独を、普段着のように着こなしてしまいましょう。老いを自覚して身をまかせて生きていく。そうしたら、老いの孤独がもたらす嫌な感情にとらわれることがなくなると思います。

お釈迦さまも八十歳で「ポンコツ」に

お釈迦さまはおよそ二千五百年前、八十歳まで生きたとされています。今のような医療とか衛生的環境なんて何もない時代のことですから、非常な長寿です。

仏典には、お釈迦さまが普通の人間と同じように老い、同じように死を迎えたことが記されています。キリストのように「復活」などはしていません。この神秘性のなさこそ、私は仏教の誇るべき特質だと思います。

ですから仏典には、お釈迦さまが人間として悩み、その悩みに正面から取り組んだ姿が描かれています。そこに私は同じ人間として、お釈迦さまに限りないなつかしさを感じます。

お釈迦さまは二十九歳の時に出家して、三十五歳で悟りを開かれて以来、八十歳までの四十五年間、休む間もなく各地を遊行《ゆぎょう》されました。遊行とは旅をしながらみんなに教えを説いて回ること。

亡くなる少し前、お釈迦さまは一緒に旅をしている弟子のアーナンダにこんなふうに言いました。

「アーナンダよ、私はもう、ポンコツの車のようだ。もうぼろぼろになって、やっと革紐で車輪をつなぎ合わせて動いている。ああ、もう疲れた」

お釈迦さまは決して「超人」ではありません。私たちと同じように老いて、どんどん体が思うように動かなくなって、「疲れた、疲れた」と嘆く。

でも、そのポンコツの体で遊行をつづける。そして、旅先で出逢った鍛冶屋のチュンダから食事の施しを受けます。

インドには「カースト」という厳しい身分制度があって、王族出身で出家したお釈迦さまは、ほんとなら身分の低い鍛冶屋と一緒に食事をしてはいけないとされていました。でも、お釈迦さまは身分なんか全く気にしない。どんな身分の人とも分け隔てなく接する。この「平等」も、私が好きな仏教の思想的特徴なんですね。

ただ、そのチュンダが出した食事の中に、運悪く毒きのこだか腐った豚肉だかが入っていて、食あたりになってお釈迦さまは衰弱して死を迎えるのです。

七転八倒の苦しみの中、自分の死を悟ったお釈迦さまは、何よりもまずチュンダの身を案じました。彼の食事を食べたせいで、自分が死んだとなったら、チュンダはきわめつきにいじめられるでしょう。だからまわりのみんなにこんなふうに言い渡します。

「私が今まで受けた供養の中で、鍛冶屋のチュンダが出してくれたあのご馳走が、一番尊いものだった。チュンダは徳を積んだ」

弟子たちはもうチュンダを責めることは出来ません。チュンダ自身の気持ちも楽になります。お釈迦さまは自分がどんなにボロボロになっていても、人間に対するやさしさ、思いやり、愛を忘れないのです。

私たちも老いの孤独を飼い馴らしながら、お釈迦さまのように、万人を愛することは無理だとしても、誰かを愛しつづけることを忘れずに生きていきたいものです。

小さな夢が老いの孤独を慰める

こんなことをお話ししていながら、私は八十八歳の時に背骨の圧迫骨折を患うまで、自分を老いたとも、老人だとも思っていませんでした。

それまでは足腰もぴんぴんしていて、どこへでも一人で飛んで行けました。でも背骨の圧迫骨折で半年ほど寝こんで、足が萎えて上手に歩けなくなってから、ようやくいやでも自分の老いを意識するようになりました。

ときには車椅子に乗って人混みを移動しないといけないから、とても不便になりました。心が動いても、体を自由に動かせない。これは自分がそうなるまでわかりませんでしたが、ほんとに辛いことです。

風邪も一日寝たら治っていたのに、八十八歳を過ぎてからはだんだん治りにくくなって、何日も寝こむようになりました。

九十歳を過ぎてからは、特に「ああ、年をとったな」と思います。腰椎の圧迫骨折、胆のうガン、心臓や足の血管狭窄と立てつづけに入退院を繰り返して、さすがに老衰がすすみました。

「昨日出来ていたことが今日出来ない」ということがある。たとえば、毎朝の散歩。ずっと日課にしていたのに今はとても無理です。寂庵の庭に出ることさえ、日ごとに辛くなっています。

お酒も手のこんだお料理も昔ほどおいしいとは思わなくなった。外に出かけると次の日くたびれるし、会って話したいと思うお友だちもみんな死んでしまったから、もう東京など行く気がしない。だんだん楽しみがなくなって、生きているのがつまらなくなっていく……。これが老いるということなのでしょう。

それでも私は、文芸誌などに連載を五本、書きつづけています。月に一回、寂庵のお堂で百五十人を前に一時間半ほどの法話の会をつづけています。立って喋った方が声が出るから、今でも出来る限り立って話すようにしています。月一回の写経の日には朝から参加者と一緒に写経しています。文学作品に限らず様々な本、週刊誌までも片っぱしから読んでいます。

体が思うように動かなくなっても、小説家として書いていられる、尼僧としてお釈迦さまの教えを話していられる限り、まだまだ生きがいがある。ほんとに有り難いことです。

そして、何か新しい楽しみも見つけて、老いのもたらす孤独を飼い馴らしながら生きていきたいと思っています。

二〇一九年六月には、秘書のまなほが三十一歳で結婚しました。寂庵に勤めて八年、「私が結婚式に出席できるうちに早く結婚してよ」と言いつづけて、ようやくいいお相手をつかまえて結婚してくれました。

彼女は結婚後も秘書をつづけています。今は「早く赤ちゃんを見せて」と言っています。出来たら男の子がいい。そうしたら、年下のボーイフレンドが出来るでしょう。九十八歳か九十九歳か、百歳年下のボーイフレンドがね。

その日々を思うとワクワクします。百歳年下のボーイフレンドを題材にしてまた小説が書けるかもしれない。そんな小さな夢も、老いの孤独を慰めるのです。

第三章

「変わる」から生きられる

すべてのものは移り変わる

寂庵の自慢は庭の木々の新緑や紅葉です。それはそれはきれいです。新緑も素晴らしいですが、特に紅葉は日々、その様子が変わります。昨日はそうでもなかったけれど、今日はこんなにもきれいなどと驚かされる。突然美しく色づく日が訪れるのです。紅葉のように、人の心や行いも世の中も日々に変わります。何もかも移り変わる。それにいちいち驚くことはないのかもしれません。

「すべてのものは移り変わる」というのが仏教の思想です。それは二千五百年も前にお釈迦さまが発見された真理です。だからほんとは、移り変わらない方が怖ろしい。

何もかもが変わっていきます。たとえば、私が若い頃は、男がいばっていました。女は結婚するまで処女じゃないといけないと説教する人もいました。「お嫁にもらってやる」なんて、当たり前のようにいっていました。

今の若い人はそんなことは誰もいわない。処女かどうかなんて問題にしません。第一、今は処女膜なんてお金を出せば五万円くらいで買えるそうですから。

昔は女が嫁ぎ先を飛び出すと「人でなし」なんていわれました。私は二十五歳の時にそれをやってさんざん苦労しました。今は平気で女たちは離婚します。バツイチなんて当たり前。バツ二、バツ三、何度別れても本人もまわりもさほど気にしません。

特に道徳が移り変わるのです。その時の権力者が都合のいいようにつくったのが道徳でしょう。だから変わるのです。

権力者といえば、アメリカの大統領があんな変わり者になるなんて、数年前は誰も思っていなかったはずです。

ただ、百年近く生きてごらんなさい。「ああ、これは前にも似たようなことがあったな」と感じることも度々ある。世界に目を向けると紛争が絶えないし、日本でもまた軍靴の音が聞こえてきそうです。人間は愚かだから、つい同じようなことを繰り返してしまうのでしょう。

要するに、人間の決めたことなんて力がないのです。

それだったら、何を頼りにしていたらいいのか。人の世を探しても見つからない。だからこそ私たちは、人間がつくったものじゃない決まりを欲しがるのでしょう。それが結局、宗教なのだと思います。

「宗教なんかなくていい」といって生涯を過ごす人もいます。けれども、宗教があったために救われる人もいるのです。信仰を持つかどうか。それはみなさんの都合で勝手ですが、宗教のおかげでどん底に落ちた時に助かる人もいる。だから私はあった方がいいなと思います。

私は五十一歳の時に出家しました。出家というのは、一度、生きながら死ぬことです。だから今度死ぬのは、ほんとは二度目の死というわけ。だから死ぬのは怖くないし、極楽へフリーパスだと思います。

私は退屈が嫌いなので、極楽は刺激がないから死ぬなら地獄に行きたいと、ずっと思っていました。でも、九十二歳の時に入院して、とても痛い思いをした。痛いのはもう嫌、地獄で青鬼や赤鬼に痛いめにあわされるのはもう結構、この世で十分と思った。やはり死んだら一直線に極楽へ行きたいと考えが変わりました。

人間の心なんて年中変わります。いい加減なんです、定まったものはない。だからこそ動かない、しっかりしたものに頼りたくなるのです。

明日のことはわからない

ひとつの物事というのは、ずっとそのままで全く動かないことはありません。私たちの周囲に起こるあらゆること、いいことも悪いことも、みんな動いていく。どんどん動いていく、そして変わっていきます。

「すべてのものは移り変わる」がお釈迦さまの教えの根本です。

この本を読んでいるあなたにも悩みがあるでしょう。人にはいわないけれども、辛いこと、苦しいことが必ずあるはずです。でも、その悩みはいつまでもつづくことはない。

変わるのを待つか、あえて早く変わらせようとするか。それは私たちそれぞれの生き方によりますが、必ず変わります。

だから「もうこれで私の人生は終わり」などと考えないことです。必ず変わります。決してこの調子の悪い状態が最後だなんて思わないで下さい。

もし悩みが何もなくて、今は「幸せ」と思っていても、それも変わります。悪いことがあっても必ず変わる、いいこともやはり変わる。だから、いいことがあった時に安心しないで下さい。

私の六十六歳年下の秘書、瀬尾まなほが私の悪口をいっぱい書いたら、その本（『おちゃめに100歳！　寂聴さん』光文社、2017年）がものすごく売れました。「寂庵の美人秘書」と呼ばれて、まなほは急に有名になり、講演したりテレビに出たり、最近、結婚もしたんです。しかも早くも赤ちゃんがおなかに育っています。今の彼女はいいことだらけです。

でもね、それもまた変わります。まだまだ売れると思っているのが止まるかもしれないし、書けるはずが書けないかもしれない。明日、離婚するかもしれない。それは誰にもわからないんです。

意地悪でいってるわけではないのです。大事なのは変わるということを覚悟しておくこと。それを覚悟していたら、何が起こっても怖くない。

ほんとに愛しあった夫婦で、「出来たら一緒に死にたいわ」なんていつも二人で話している夫婦もあります。

でも、そうやって愛し愛されている今の自分たちの置かれた立場が、「これが最後」だとは決して思わないでほしい。それも必ず変わります。どんなにいいことがつづいていても、いつか必ず変わるのです。

人間は、いいことがあったら悪いこともあります。いいことがあっても悪いことがあっても、出来るだけ心を動かされないようにしましょう。

今がどんなに辛くても必ず変わる

あなたが今、どんな状況にあっても、「これが自分の人生だ」と決めつけないで下さい。必ず変わります。

今、病気を患っていても必ず変わります。お医者さんにかかっていいお薬をもらえば治ります。

たとえ病気が治らなくても、死んだら楽になるでしょう。それも変わることなのね。今の状態のまま、苦しみがつづくことはない。

変わると信じて、辛く苦しいこともそのうちに変わるんだと思って、楽しい方向を考えましょう。

自分の両親よりも友人の両親、あるいは隣近所の両親の方が器量もいいし、お金も持っていることもあるでしょう。いくらうらやましいと思っても、そういうことは自分では選べません。

私たちは、この世に生まれてきたくて生まれてきたわけではないし、自分が自分の親から生まれるのも選んだわけではない。ただ、何か「大いなるもの」に決められていた、神秘的なことなのでしょう。

だからといって一生気にいらない両親で終わるかというとそうではない。両親も動いている。だから変わるんです。何かの拍子に突然、気にいらない両親がいいお父さんお母さんになるかもしれない。

なぜあなたがあなたの両親のもとに生まれてきたのか。あるいはこうして生きているのか。自分が幸せになるためだけじゃないのです。誰かのために、誰かを幸せにするためにこの世に送られているんですよ。

たった一人でもいいから、自分以外の誰かを幸せにしようという気持ちを忘れないで下さい。

自分が今いる場所に家族があって、お友だちがいるなら、そこでどういうふうに生きていくか、愛する人を幸せにするかということを考えるしかない。けれども、今は人に恵まれていないように思えても、必ず変わります。いつでもそれを思いだして下さい。どんなに辛いことがあっても変わるから大丈夫です。

忘れる力

愛するお父さんやお母さん、おじいちゃんやおばあちゃんが亡くなる。もちろん辛いでしょう。でも、それは順序だから仕方がない。

その一方で「逆縁」というのがあります。妹や弟、子供や孫など自分よりも若い人、順序からいって自分よりも先に死ぬべきではない人に先立たれると、これがとても辛い。年下の伴侶やお友だちの死もそう。それは捻じ曲げられたような恰好だから、これ以上なく辛いのです。

もう何年も前から、私に届く訃報は、全部逆縁です。長生きするというのは、愛する人にたくさん死に別れることなんです。ただ、百近くまで生き、逆縁を多く経験したからといって、その辛さに慣れるかというと、そうではありません。その度に新鮮な悲しみが湧いてくる。決して慣れることはありません。

法話の会の質疑応答などで、逆縁の親御さんやそうした立場の人は涙に声をつまらせながらその辛さ、悲しさを訴えます。病死や事故死だけじゃなく自殺もあります。

もう数えきれないくらい逆縁のお話を聞いていますが、うまい答えなんてあるはずもなく、かけることばがありません。ただ手をとって「大変ね、辛いわね」といって一緒に泣くしかないんです。

でも、人間はほんとに不思議な能力を与えられているのです。それは「忘却」という忘れる力。生まれながらにして持っている忘却という能力によって、どんなに狂おしいばかりの辛さも、後を追いたいくらいの悲しさも、じっと我慢して歳月が過ぎるのを待ったなら、必ず癒される。

京都には「日にち薬」というとてもよいことばがあります。一日一日と過ぎていく毎日、その時間の経過がお薬になる。いつの間にか「時」が薬になって、心の痛みを少しずつやわらげてくれるのです。

辛いけれども、じっと我慢する。しばらくは、居ても立ってもいられないような悲しみが朝昼晩と絶え間なく襲って来るでしょう。けれども、時が過ぎてふと気がつくと、「あら、今朝は思わなかった」とか「夕方は何も考えなかったわ」という時期がきます。そのうち、「この二、三日思いださなかったわ」というふうになるのです。

忘却とは、仏さまや神さまが人間に下さった恩寵だと思います。一周忌、三回忌となったら、その辛さは決して亡くなられた時と同じではありません。必ず薄れるものなのです。

裏返しにいうと、忘れやすい私たちが故人のことを思いだすために、一周忌とか三回忌がある。亡くなった人を忘れないこと。これはまた一番の供養でもあるのです。

日にち薬が効くのは、人間の心が必ず変わるものだからです。死別の悲しみだけではなく、どんな苦しい経験も辛い思い出も、最初と同じ強さのまま、心の中に住みつづけるということは決してありません。

不幸の峰をいくつも乗り越えて、歩みつづけるのが人間の生き方だと思います。日にち薬という特効薬だけが、今のあなたを、悲しみの淵からすくい上げてくれるでしょう。

私は多く傷つき、多く苦しんだ人が好きです。挫折感の深い人はその分、愛の深い人になる。それは長い目で見れば決してマイナスだけでも、不幸だけでもありません。何の傷もつかず、挫折も知らずに育った人は、きっと思いやりのない、自己本位の人になるでしょう。

人間は苦しんだ分だけ、愛の深い人に育っていくのです。

笑顔を忘れると不幸が倍になる

私たちは誰もが何かしら、人にいえない辛いことを持っています。それぞれがそれに耐えて、辛抱して生きています。

ただし、不幸は泣き顔につきます。ニコニコしていると不幸は逃げていく。幸福は笑顔につくのです。だからいつも鏡を見て、自分の一番可愛い顔で笑顔にしていて下さい。いつでも前向きに、楽しい顔をしていましょう。鏡を何個か買って家のそこら中に置いて、通りすがりにちらっと見る。変な顔をしているなと思ったら、鏡に向かってニッコリしたらいい。上等な鏡ではなく、安物のゆがんで映る鏡の方がいいですよ、可愛く映るから。

小さい頃から私は母にいつもいわれていました。

「お前は器量が悪いから、いつでもニコニコしていなさい」

顔かたちというのは親譲りですから、「自分で産んでおいてよくいうよ」と腹が立ちました。

でも、母の言うとおりにいつもニコニコしていたら、まわりの大人たちが「晴美ちゃんは、いつもニコニコして元気がいいね」とほめてくれて、頭をなでてくれるのです。

今にして思うと、私の母は仏教で言う「和顔施《わがんせ》」を教えてくれたのかもしれません。

「自分は不幸だ」と思って笑顔を忘れた時に、不幸が倍になります。だからなるべく笑顔で楽しいことを考えて下さい。不幸が逃げて行って幸せなことがくっついてきます。これは生きていくうえでとても有効な方法のひとつです。百近く生きた人間が言うのだから間違いありません。

美しい美輪明宏さんも鏡の件《くだり》はいつも話しています。

「仕方がない」とあきらめずに闘う

自分や身のまわりのこと以外でも、世の中には面白くないこと、変なことがたくさんあります。それを考えてやるせなくなることもあるでしょう。たとえば、「トランプがとんでもないことをした。世界はどうなるのか」と心配する。ただ、私たちにアメリカの大統領を止める力はないじゃないですか。世の中、なるようにしかならないことも多くあります。

でも、そうした時には仕方がないなんてあきらめずに、政治に反対だったら何かのかたちで訴えなければいけないと思います。機会をとらえて発言する。面倒くさくてもデモに行く。その姿を見れば、これからの若い世代も真似するでしょう。

そういう「歴史」を繰り返し引き継いでいったら、いつか世の中がよい方向に変わっていくかもしれない。だから自分の「こうしたい」という意見を表明する。生きている以上は自分だけじゃなく、他の人の人生、世の中をよくしようと思って、仕方がないとあきらめずに闘わなければダメだと思います。

私はこの年になるまで闘ってきました。たとえば、一九九一年の湾岸戦争の時には、寂庵に「殺すなかれ、殺させるなかれ」というお釈迦さまの戒めを大きく貼り出して、抗議の断食をしました。当時六十九歳。八日目にぶっ倒れて病院に担ぎこまれました。

そしてイラクに出かけ、薬をあるだけのお金で買い、病気やけがの子供たちに届けました。

二〇〇三年のイラク戦争でも抗議の断食をしたかったのですが、もう八十歳だから無理だとまわりに止められました。その代わりに自分のお金で、「反対　イラク武力攻撃」という大きな新聞広告（全面広告を出したかったけれど、お金がなくて三分の一の全五段広告）を出しました。

九十三歳だった二〇一五年には、前年に腰椎の圧迫骨折と胆のうガンの手術をして療養中でしたが、安保法案に反対する国会前のデモに車椅子で駆けつけました。

闘ってきたからといって、思うとおりになったことはひとつもありません。でも、やり過ごすことは一切しなかった。それは結果はともあれ、生きてきてよかったと思える経験でした。

人間は幸せになるために生まれて生きているんだから、全員が幸せになってほしいと思います。だから力が及ばなくても闘いつづけるんですね。

死なないと思ったら死なない

人の命というのは、自分ではどうしようもないものです。仏教では「定命《じょうみょう》」、定まる命と言います。要するに私たちの寿命は決められている。いつ生まれていつ死ぬか、その間にどんな病気をするのかということが、もう決まっている。それが定命というものです。

死ぬ時は決まっていて、みんなに定命があるのです。

今あなたは本を読んでいますね。でも、読みたかったけれど亡くなって、もう読めない人もいる。通りを歩いていて上から何か落ちてきて、こっちは助かったけれども隣を歩いていたおじさんが死ぬということがある。赤ん坊の時に死んでしまったお子さんもいる。可哀そうだけれど、どれも定命なんです。

ただ、いつ死ぬか決まっているけれど、それがいつかは私たちにはわかりません。だから、わからないことにとらわれないことも大切なのです。

わからないということは仏さまの恩寵なのか、それとも劫罰《ごうばつ》なのか。どちらにもとれるような気がします。

いつ死ぬかわかった方が都合がいいようにも思います。その日がわかっていたら、これを食べておこうとか、あの人に好意を打ち明けておこうとか、後悔がないように自分のしておきたいことを、それこそ一生懸命にするでしょう。

定命がわからないから、私たちはダラダラと「人任せ」で生きてしまうのかもしれません。その反面、わからないからこそ一生懸命に生きることもきっとある。

命というのは自分の自由にならない。だから、たとえば病気になった時には、「これでおしまい」と決して思わないことです。定命は人間にはわからないものだから、そもそも自分で自分の寿命を判断することは不可能です。

「病いは気から」と言うでしょう。昔の人はほんとにいいことを言っていると思います。自分の気持ちが重くなったら、病気が重くなる。「なにくそ」と思って、「この程度の病気は必ず治してやるわ」と思ったら元気になる。いくつになっても手術でも何でもしたらいいんです。

よく週刊誌などに「医者にかかるな」とか「薬をのむな」とかでていますが、あんなのウソです。やはり病気になればお医者にかかって下さい。ただ、かかる医者が一人というのはダメね。この頃は藪医者が多いから二人か三人のお医者にかかって、それで同じことをいわれたらそれは間違いないと思って、しっかり病気と闘い、やっつけましょう。

「もういい年だから仕方がない」などと決してあきらめないで下さい。人間は、死なないと思ったらめったに死なないのです。

楽しいことだけを考える

体だけじゃない、心の方の不調も生きていればあります。たとえば「鬱」です。まわりの人がよく気をつけて、鬱がひどくならないように出来るだけ明るい生活をさせてあげたらよいと思うけれど、それがなかなか難しい。

私はおおよそ朗らかな性格だから、鬱になることなんかないと思っていました。しかし、九十四歳の時、血管狭窄などの治療で予定よりもずっと長く病院にとめられて、あまりにも体中が痛くて何をしても痛みがとれなかったせいでしょう、鬱になりかけたのです。

食べるものも食べたくなくて、何もかも面白くなくて、とても嫌な気持ちになって、「なんで死なないの、早く死にたい」と気分がどんどん暗くなってきた。

そして「あっ、これは私らしくない。これは鬱だな」と気づいた。だから「まず、この鬱に打ち勝とう」と思って、むりやりにでも、楽しいことだけを考えるようにしたんです。

私は文学が好きだから、好きな小説を一生懸命に読んだり、書いてみたい小説のテーマを思い描いたり、明るい方、明るい方に心を向けていきました。そして、私は何が一番嬉しいかと考えたら、やはり自分の本が世に出ることなんです。

ただ、その時は小説を書く力は戻っていませんでした。でも何か本を出したいと思った。それでふと、「今までに句集は一冊も出していない」と気づいて、「自分の俳句を集めて本にしよう」と決めたんです。

でも、私は俳句が下手です。俳句の出来を見る眼識はあるから、自分の句が下手だというのはよくわかります。小説や随筆はもちろん上手じゃないですか。だから出版社から注文も来るし、私が書いたらすぐ本になる。今まで俳句が本になっていないのは、要するに下手だからなんです。

それでも句集を出そうと思いました。私の下手な俳句の本なんて売れないから、出版社は儲からない。無理に頼んで出してもらっても可哀そうなので、自分でお金を出して自費出版にしようと決めた。

そう思いついたとたん、心がぱあっと明るくなった。気がついたら鬱が逃げていっていたのです。

私の俳句は全部集めても百もないんじゃないでしょうか。齋藤愼爾《しんじ》さんという親しい出版社長に本づくりを頼んだら、「いいね、いいね」とすぐ引き受けてくれました。

それが『句集　ひとり』（深夜叢書社、2017年）です。俳句が少ないから一ページに一句。それでも一冊の本にするには足りなかったから、齋藤さんが俳句にまつわる私の昔の随筆をいろんなところから集めてくれました。三分の一くらいは随筆で埋めたでしょうか。

この本が出来るまでの間、それはそれはワクワクしました。ゲラ刷りを夢中になって直したり、あらためて俳句や文章をまとめて読んで、「まあ、いけるんじゃない」なんて思ったりして。

本に載せた俳句の中で、われながら一番よく出来たと思うのが次の一句です。

「御山《おんやま》のひとりに深き花の闇」

私は住職として岩手県二戸《にのへ》市にある天台寺に二十年余り通いました。天台寺のある山のことを地元の浄法寺町の人たちは「御山」と呼びます。五月に行ったら桜がいっぱい咲いていた。天台寺に泊まると夜は私一人きりになります。しーんと静まり返った夜の山寺。桜は咲いているのに全く見えない暗闇。その中にいるのは自分ひとりだけ。そんな「孤独」を詠んだ句です。これはいい句ですよ、他の俳句はたいしたことないですけど。

死んだ時にみんなに残そうと思ってつくった句集ですが、これが思いがけず何度も重版している。おまけに俳句の賞「星野立子《たつこ》賞」までいただきました。

みなさんも「鬱かもしれない」と心の不調を感じたら、私のように何をしたら自分が一番楽しいかということを考えて、それをためしてみたらいかがでしょう。

ほめる力が不幸を跳ね返す

私は百歳近いこの年まで、好きなことをして生きてきたし、こんなふうに好き勝手なことをいつも話しているから、神経がよほど太いように思われがちです。けれども、ほんとはそうじゃない。作家だから、こう見えて神経がけっこう細いんです。

三十代の時には、男関係でヒステリーを起こして睡眠薬を飲んで自殺未遂をしたこともあります。

四十代の時には、やはり男の問題でひどいノイローゼになりました。急に下りのエスカレーターを逆向きにかけ上ったり、手に力が入らなくなって、ペンでもバッグでも、ぽろぽろ落としたりするようになった。

その時は、友だちの紹介で、古澤平作《こざわへいさく》という博士のカウンセリングを定期的に受けました。古澤先生は日本で唯一、フロイトから直接指導を受けたといわれる精神科の名医で、もう引退されていたけれど、私の『かの子撩乱』がとてもお好きだというので、特別に治療してくれたのです。

古澤先生のお宅に通って、ベッドにあお向けに寝て目をつぶる。そして、心に思い浮かんだものを、全部ことばにして喋る。「アイスクリーム、唐笠、男の性器」とかいっていくだけの治療でした。しかし、それが効いたようで、二、三カ月でノイローゼがよくなりました。

思い返すと、古澤先生はおじゃまする度に、私のことをほめてくれました。「帯と着物の色味がとても、いいですね」とか「その髪型がよく似合います」とか。それが一番効いたと思うのです。

そういう経験があるから、私も寂庵に悩みの相談に来た人に対して、必ずほめるようにしています。「そのブラウスのデザイン、すごく素敵よ」とか「笑顔が可愛いわね」とか。それだけでみなさんの心がずいぶん楽になるようです。

嘘や軽口ではないのです。すべてほんとのこと。ほめられて怒る人はいないでしょう。特に悩みがある人は、とにかくほめてあげないと、よくならない。

ほめられたら、「この人は私の味方だ」と思うはずです。味方だと思わせてからことばをいわないと、何も心に入らない。悲しいことや苦しいことのある人ほど、そういうことに敏感です。

私は法話の会の最後に必ず質疑応答をします。みなさんいろんな悩みごとを話します。

本題に入る前に、私はまずその人をほめます。「寂聴さんは私の味方かも」と思わせるようにするんです。

ほめてあげようと思って見ると、誰でもどこかほめられるところがある。服の色彩の趣味がいいとか顔のどこかが格別いいとか、それをぱっと見て、そこをぱっといってあげる。「寂聴さんが私のことを気にいってくれた」だけで、みなさん非常に喜びます。

そうしたら、もうそれで相手は心を開く。人間は悩みを誰かに打ち明けるだけで、少し心が楽になりますから。「寂庵に来てよかった」って思ってくれるのです。

だから、誰もほめてくれないなら自分で自分をほめてあげたらいいと思います。「私の、このおへその横のほくろが可愛いわ」なんて、自分にしかわからないチャームポイントがあったりする。性格とか才能とかもそうです。自分のよさは自分が一番よく知っているのだから、それを認めてほめてあげて下さい。

ほんとに「病いは気から」です。自分の気持ちを強く持って、心の不調を追い払いましょう。いつも楽しいことを考えて下さい。明るい方、明るい方に心を向けて生きていきましょう。

たとえば、亭主が他の女に手を出した。浮気して帰って来ないなんていうこともあるでしょう。そんな時も負けちゃダメなんです。「そう、それじゃ私も浮気するわ」なんて宣言して、自分も男をつくればいいんです。

弱気になった時に運命は悪くなります。そう思ってどこまでも強気でいきましょう。人間には、不幸を跳ね返す力が必ず与えられています。

好きなことをしていたら健康になる

大切なことは、「ほんとは自分が何をやりたいか」ということを考えることです。そして、そのほんとにやりたいことをやったら、自分が幸せになるだけでなく、自分以外の誰かを幸せにするかどうか。そこを考えて下さい。

誰かの幸せのために自分のやりたいことをやっていたら、一時の失敗とか成功とか結果はあまり気にならなくなると思います。

いつ何が起こるかわかりません。だからこそ自分のしたいことをした方がいいのです。

私はちょうど六十歳の時に急に体調が悪くなったことがありました。当時、寂庵には看護婦をしていたいとこがいました。彼女が「すぐお医者さんに行きましょう」と、お腹を診ることでは東京でも一、二というお医者さんに連れて行ってくれた。いろいろ診てもらったら、結局「腸が悪い」とのこと。

「あなたはもう仕事しちゃいけません、講演なんか絶対しちゃいけません、家でじっとしていなさい」といわれたんです。

びっくりして、「私は毎日、何をするんですか」と聞いたら、「六十歳の老人らしく庭の草むしりでもしなさい」って。

困ったなと思いました。私は草むしりなんか好きじゃないし、当時はまだ寂庵にちゃんとした庭もありませんでした。

お医者さんは何々しちゃいけない、何々を食べちゃいけない、これを飲みなさいと、山のように処方箋を出してくれました。でも、私はそれを全部やらなかった。どうせ死ぬなら好きな物を食べて、どんどん仕事をしてやれと思って、仕事も倍に増やしました。そうしたらいつの間にか治ったのです。

そして二、三年したら、そのお医者さんの方が死んでいました。人の命なんて案外そんなものなのでしょう。

命は与えられたものなので、思いどおりになりません。だからこそ生きている間、大切にしなければいけないと思います。

私の健康法はとてもシンプルです。

第一に好きなことをすること。次によく眠ること。そして肉を食べること。肉を食べないと頭が悪くなります。肉を食べているとボケないから、少しでもいいから何の肉でもいいから食べて下さい。

よく野菜を食べろとかカロリーがどうとか言いますが、そんなことは信じなくていいのよ。好きなものを食べたら体が一番喜びます。

それから私は毎朝、ぬるいお風呂に十分くらい入ります。体を洗ったりしないでただゆっくりお湯に浸かる。この朝風呂がとてもいいようです。

第四章

今この時を切に生きる

切に生きる

人間も世の中も必ず「変わる」と繰り返しお話ししてきました。

では、人生は変化に翻弄されるばかりで、全く思いどおりにならないのでしょうか。そんなことはありません。よい方向であれ悪い方向であれ、変わるからこそ、自分の考え方や行動によって自分の人生の行く手を変えていくことが出来るのです。

もちろん、思いがけない災難にみまわれたり思わぬ失敗をしたりする。いつ何が起こるかわからない、いつ終わるかもしれない人生だからこそ、一日一日、一瞬一瞬を大切にして生きたいものです。

私は若い頃からいつ死んでもいいと思って生きてきました。そのために、今日したいことは今日、全部してきました。よく長生きの秘訣を聞かれますが、それこそが秘訣なのかもしれません。

今日したいことを今日する。いつ死んでも悔いのないように、今この時、充実した生を送る。そうすると死は遠ざかります。

お釈迦さまもこうおっしゃっています。

「過去を追うな、未来を願うな。過去は過ぎ去ったものであり、未来はまだ到っていない。今なすべきことを努力してなせ」（中部経典）

今この時は二度と訪れない。過ぎ去ってしまった過去よりも、どうなるかわからない未来よりも、はるかに切実で大切なのが、今この時。だからこそ、今この時を全力で生きなさいという教えです。

キリスト教でも「未来のことを思い煩うな、過去にもこだわるな、今を生きなさい」と説いています。曹洞宗の宗祖の道元禅師はそれを「切に生きる」のひと言であらわしました。この一瞬一瞬を一生懸命に生ききる。私の大好きなことばのひとつです。

人間にはそれしかないと思います。昨日のことをくよくよしたところで、もう済んだこと。明日のお天気さえ、ほんとはどうなるか誰にもわからないのだから心配しても仕方がない。乗っている飛行機も落ちる時は落ちます。結局、なるようにしかならないんです。

そんな心配や取り越し苦労をするよりも、今ここにいる、この瞬間を精一杯、生ききることが大切なんですね。洗濯でも料理でも読書でもそうです。この本を読んでいる時はただ懸命に読む。人生の充実は、これに尽きると思います。

昨日と違う今日を見つける

私はたくさんの小説を書いてきて、様々な男と女のことも書いてきましたが、やはり、わからないところがあるから面白いんです。だから九十七歳になってもまだ書きたいと思うし、まだまだ書けそうなことがある。

今でも書いているうちに様々な「発見」があります。男のことは特にそう。書く時に「この男が好き」と思って書き進めていくけれど、書いているうちに「なんだ、つまん

Asahi Shinsho

朝日新書

ない男だな」とわかったり、「なんだ、こっちの男の方がいいじゃない」と気づいたりします。

書くことで、他者に対しても自分に対しても、世の中のことについても「へえ、こんなことだったのか」と、発見することがいっぱいあります。

書くことと同じで、生きることが楽しいのは、やはり発見があるからでしょう。九十七年も生きているのに、昨日まで気づかなかったことに今日気づく。そんな発見があります。「みんな見てきたからもういいわ」なんて口では言うけれど、そうじゃない。やはり毎日が違うんです。それは、死ぬまでつづくでしょう。

私は人生をあきらめていない。もっと違うことが書けるかもしれない、楽しい発見があるかもしれないと思っています。このままボケなかったら、死ぬ時も「もういいわ」ではなくて、やはり「仕方がないな」と思って死ぬんじゃないかしら。

みなさんも、昨日と違う今日をきっと見つけられるはずです。それに気づいたら若々しくいられる。人生をあきらめないで、その日まで発見しながら生きて下さい。

人間は、頭ではわかっているつもりでも、身に染みてわかるのがなかなか難しいことがあります。

私は女性差別に昔から反対してきた作家のように思われているけれど、家を出て小説家になろうと思った時は、自分のことで精一杯でそんなことを考えなかった。小説を書き始めて、だんだんと女性に対する差別を切実に感じるようになりました。

本格的に作家生活を始めた六十年ほど前、自分をモデルにした小説を書きながら自分のしてきたこと、今していることを思いかえすにつけ、「なんでこんな遠慮をしなきゃいけないのか」と考えました。大正を代表する流行作家で、敗戦直前に上海で客死した田村俊子の評伝を書いた時にも、関係者の話を聞き、様々なことを調べて、繰り返し「なんで」と考えた。

そうやって、だんだん気がついてきた。書くことで、いかに日本の女たちが虐げられているか、男たちがいばっているかということもわかってきた。それと同時に、明治の終わりから差別や不正を感じて戦った女たちがいることもわかってきた。それで「愛と革命」に殉じた伊藤野枝や管野須賀子ら社会運動家たちのことを小説に書きだしました。何も知らなかったのに、書きながら理解していったのです。

一人書いたら、一人また一人。自分が書くものによって教えられた。はじめは思想などなかったけれど、書いていくうちにだんだん私の思想が出来ていったのです。

一番好きなことが「才能」

私は、八十八歳の時に背骨の圧迫骨折になって半年ほど寝こみました。あれが「老い」の境目だったような気がします。さきほどもいったように、それまでは肉体的にどこも悪くなかった。それから足が萎えて上手に歩けなくなって、車椅子に乗って人に引っ張ってもらうようになったのです。

ただね、今もそうだけれど歩こうと思ったら歩けるんですよ。「ああ、しんどい」と思ったら歩けなくなる。やはり気分が大きいのかなと思います。

足が萎えたのは、実はお医者さんが悪かった。名医といわれていた人だけれど、「とにかく何もしないで寝てなさい、そうしたら治る」といったんです。半年も寝ていたら、元気な若い人だって悪くなります。

年をとると寝ていた方が楽だけれど、寝たきりはダメ。出来るだけ自分の力で動いた方がいいと思います。

九十八歳で亡くなった宇野千代さんは、九十三の頃からいつも横になって過ごしていたそうです。それでも、九十四くらいまではまだいい小説を書いていました。

さすがに私も最近は寝転がっている方が楽です。でも、まだ連載を五本も書いています。やはり歩けないことよりも、書けないということが作家の終わりでしょう。だから、体がきつくても座って書いている時は全くイライラしなくて、寝こんで書けなくなると、とてもイライラするのね。

人間は、自分がしたいことをしている時が一番幸せです。私は書くことが好きだからそれをやりつづけている。自分の好きな仕事だったら、誰でも定年なんか関係なく、ずっと働きつづけたらいいんです。

主婦なら料理、あるいは洗濯や掃除が好きな方も多いでしょう。いくら年をとっても、何か毎日出来る好きなことがあるはずです。

手先が器用で、いろんな編み物をちょこちょことつくっているおばあちゃんもいます。絵を描くとか書道をするとか、自分の好きなことが才能です。どうせ生きているなら、その才能を育てて下さい。芸術的になかなかのものになるかもしれません。

いくつになって始めても遅くない。何でもよいのです。料理上手というのだって立派な生きがいになります。もちろん、それで有名にならなくたっていい。友だちにほめられて、「また食べさせて!」なんていわれるだけで、十分に嬉しいでしょう。

そうしたら、老いという心や体の変化にも、前向きに順応していけると思います。

「お母さんは？」「死んじゃった」

二十五歳の時に家出をしなかったら、私の人生は変わっていたでしょう。

家を飛び出したのは二月の寒い時期でしたが、夫から「コートも財布も、全部置いていけ」と怒鳴られて、服だけ着て無一文で家出しました。

電車賃もないので電車の線路づたいに歩きつづけました。一時間くらい歩いた所に、女学校の友人が結婚してアパートに住んでいたので、そこへたどりつき、一晩とめてもらいました。そのお友だちがす焼きの桃の形の貯金入れを割ってくれ、小銭を全部貸してくれました。そして鈍行列車に乗って、京都に住んでいる友人のところに行きました。

あの時に、寒いのが嫌だな、お金がないのが嫌だなと思って家出をやめていたら、当時三歳だった娘を好きなように育てて、まあそれなりに満足して、小説家にもならなかったでしょう。あれが私の一生の境目でした。

娘を置いて出たことはずっと後悔しています。家出のきっかけになった若い男は「子供を連れて来てくれ」といったけれど、養うだけの力がないのはわかりきっていたし、子供がいたら女は働けない時代ですから、置いて出るしかなかったんです。

ただ、何年かして娘を連れだそうとしたことはある。夫がいない時に訪ねて行ったら、娘は私の顔なんか全く覚えていなかった。「お母さんは？」と聞いたら「死んじゃった」ってけろっとした顔で答える。「ああ、もう私には育てられないな」と思ってあきらめました。

ずいぶんしなくていい苦労をしたけれど、あの時、家出しなかったら今の私はないのです。出家して寂庵を建てるなんていうこともなかったでしょう。小説家として五百冊近い本を出して、いろんな賞をもらったし、文化勲章までもらいましたが、それもなかったはずです。

九十七歳の今も「新潮」と「群像」という文芸雑誌に毎月、小説と随筆を連載しています。朝日新聞と京都新聞にもエッセーを連載しています。最近、「週刊朝日」で横尾忠則さんと往復書簡も始めました。その他にもどんどん仕事の注文が来る。ほんとうに有り難い。

僧侶としても小説家としても、家を飛び出さなかったらここまで出来なかったと思います。もしあの時に家出しなかったら、いい奥さんでいい母親でいい人で、というだけで終わっていたでしょう。

ただ、その方がよかったかなと思うことも時たまあるのも事実です。

この世でやりたいことを全部やる

でも人間、何でもやってみないとわからない。やってみようかなということは、何でもやってみた方がいいのです。どうせこの世は一回しかないのですから。

どうせ、いつかみんな死んでいく。だからね、せっかくこの世に生まれてきたら、この世でやりたいことを全部やった方がいい。

やらないで失敗して後悔するのと、やってもっと大きな失敗をするのと、どちらがよいかというと、やって失敗した方が「生きがい」があると私は思います。

百歳近い私が言うことですから、これもまた、それほど間違いはないと思います。生きている以上は、何か自分がしたいと思うことはやった方がいい。

それをやって何か道を外すかもしれません。でも、道を外した後悔の方が、やらないでする後悔よりも意義があると思います。

たとえば、八十歳を過ぎて六十歳くらいの人に恋をして家を出る。どんなひどい目に遭うか知りません。けれども、したければしてみたらいい。

自分で責任を持てばいいだけです。自分で責任を持つ覚悟があれば、何でもした方がいいと思います。

やった後にはその結果がでます。その結果が自分のそこから先の生き方を教えてくれるでしょう。

繰り返しになりますが、自分の好きなことが才能ですから、誰にでも必ずあるんです。

「私なんか何もない」などと思わないで下さい。すべての人にその人にしかない才能が必ず授かっている。

人の言うことなんて聞かなくていいんです。まして悪口なんて聞かなくていい。自分が一番好きなことをしましょう。結婚して子育てしながらでも、とにかくあなたのしたいことをして下さい。

書が好きだったら習字をすればいいし、小説が好きだったらまず日記をつけて、それを小説にしたらいいんです。

いくつから始めてもいい。「この年でいまさら」なんていわないで下さい。七十歳からそれを始めて七十五歳でそれが花開くかもわからない。もちろん、八十歳でも九十歳でも同じ。死ぬまで花開かなくても、この世で好きなことを何年かしたというだけで、生きてきたかいがあります。

ひとりを慎む

五十一歳で出家した時、私の師僧、お坊さんの師匠の今東光《こんとうこう》先生にいわれました。

「これからはひとりを慎みなさい」と。

作家で国会議員でもあった今先生は全く「慎まない」人だったから、似合わないことを言うなあと思って笑いそうになりましたが、ただ「はい」とだけ答えました。

でも、非常に有り難かった。誰も見ていなくても仏さまがお前さんを見ていらっしゃる。だから、ひとりでいる時に慎みなさいと。

私に今先生が教えてくれたのは、そのひとつだけ。あとは、何にも教えてくれなかった。出家してはじめて逢った時に、「寂聴さんや、これからはひとりを慎みなさい」と。これだけ。

私の法名の寂聴を授けて下さったのも今先生です。今先生が自分の法名の春聴から聴をとって、寂聴とした。

仏教で「寂」は、いわゆる淋しいという意味ではなくて、煩悩の炎を鎮めた静かな状態のことをあらわす一字です。煩悩とはあの人が嫌い、羨ましい。あれが欲しい、これが欲しいなどと思うこだわりです。そんな無限の煩悩をなくしなさい、というのがお釈迦さまの教えです。心に悲しみや恨み、嫉妬がうずまいていたら、心が静かで安らかとはいえません。煩悩の苦しみから解放されて、心がおだやかに定まっている状態を寂の一字があらわしています。

聴の方は「梵音《ぼんおん》を聴く」だと今先生はいわれました。つまり仏の声や読経の声、仏教の音楽を聴く。私はもっと広く、春の小川のさらさら流れる音、松風の音、赤ん坊が生まれる時の産声、恋人同士の愛のささやき、森羅万象のあらゆるものが奏でる快い音、すべてが梵音だと思っています。

今先生からは、そんな素敵な名前と「ひとりを慎む」という大事な教えをいただいたのです。

見てくれていることへの感謝

その時、今先生は病気で入院していらっしゃいました。私は剃った頭を見せて、「おかげさまでこうなりまして」と、病室へお礼に行ったのです。そうしたら、「いいお姿になって、おめでとう」。そして、「ひとりを慎みなさい」と。

出家した以上はいつでも目には見えないけれど仏が見そなわしている。その教えひとつで、十分だと思いました。

そばに誰もいないからといって悪いことをする。こっちを向いて人のものを食べたりお金とったり。たとえ人に見つからなくても、仏さまは全部見ている。そして、いいことをしてもね、仏は全部見てくれている。

財布が落ちている。それをポケットに入れてしまうか、警察に届けるか。お釈迦さまの教えは「盗むな」です。だから仏さまが見ていると思ったら、やはり警察に届けるでしょう。

見ているると思うことは怖いことじゃなくて、むしろ安心に通じます。見られていると思うと、自分で自分を律することが出来る。それが自由、つまり「自らに由《よ》る」という状態です。

自由とは、心にわだかまりのないこと。他からの束縛を受けず、自分を中心にして何ものにも振り回されないというのが自由です。

私は仏さまのおかげで、非常に自由になれました。

かつて「子宮作家」とレッテルを張られていたせいで、出家したらさぞ不自由だろうとか、いい小説が書けなくなるなんて心配されたけれど、全く逆だったのです。

世の中から何か悪口をいわれても気にならない。ひとりを慎むなんていっているけど、本当はぜんぜん慎んでいないじゃないかなんて誹謗中傷されても、仏さまはちゃんと見てくれていて、私のことをわかってくれている。そう思えるから怖いものなしなのです。

誰が見ていなくても仏さまが見ていてくれる。それが信仰です。

キリスト教の神さまもそうですが、仏さまは、見ているだけで何もしてくれないけれど、いつも見守っていてくれます。出家して、仏さまから見られていると常に感じるようになりました。特にいいことをした時に、「ああ、今、見てくれているんだな」と感じるのです。

人間は仏さまがあるとか、神さまがあるとか思っているけれど、実物としてお団子のようにあるかどうかはわからない。みんなあると思っているけれど、お皿にのせて「はい、これです」って目の前に出すことは出来ない。でも、信じているんです。

私は仏さまを見たことがありません。天台宗は山の中をたくさん歩いて修行します。いわゆる回峰行《かいほうぎょう》ですね。それをした行者さんに聞くと、歩きに歩いているうちに、ある時突然、パーっと目の前に大きな仏さまが現れるそうです。十人に五人くらいは見たと言います。

「仏さまを見た」とほんとに嬉しそうな顔をして、「輝いていた」と教えてくれます。その瞬間、「ああ、出家してよかった」と非常に感動するそうです。

ただ、それは白日夢かもしれません。私も回峰行をしましたが、一度も見たことがない。だからわからない。けれども、「へぇー、いいなあ」と思います。

忘己利他

ともすると人間は、自分のためだけに生きて、自分が幸せになったらいいと思って生きてしまいがちです。

でも生きるというのは、ほんとは人を幸せにすることなんですね。

天台宗の宗祖、伝教大師最澄の思想でいうと「忘己利他《もうこりた》」、「己を忘れ他を利するは慈悲の極みなり」。それが生きるということだと最澄は「山家学生式《さんげがくしょうしき》」の中で説きました。

第一章でお話ししたように仏さまの愛が慈悲です。それは見返りを求めない愛、最も尊い愛です。忘己利他とは、まさに慈悲の実践です。

自分がお金持ちになろうとは思わないで、自分のことはさしおいて、あの人が豊かになるように願い、行動する。自分以外の人を幸せにすることこそが、生きるうえで一番尊いことだと思います。

我欲、つまり自分の欲というのはきりがありません。自分の幸せだけを追い求めていても、我欲に一生かき回されて苦しむだけです。それよりも、自分のすることが人のためになっているということがほんとの幸せではないでしょうか。

何も難しい話ではありません。たとえば、仏教にはさきほどもいった「和顔施」という教えがあります。和やかな顔を相手に与えなさい、いつもニコニコして笑顔でいなさいということ。それだけで他者への立派な施しになるのです。

みなさん一日一回、必ず笑って下さい。その笑顔はまわりの人をきっと幸せな気持ちにします。わかりやすいのは恋愛ね。人を好きになったら自然とニッコリしてくるんですよ。大好きな人と一緒にいる時に、しかめ面している人はまずいません。それだけで相手の心も和やかになるんですね。

だから人に逢ったら、まず笑顔を与えることです。その人と一緒にいることが有り難いと思えたら、自然と笑顔になるでしょう。

前に不幸は泣き顔に集まり、幸福は笑顔に集まると話しました。大変な時や苦しい時ほど笑顔でいるように心がけて下さい。

笑顔は自分の体も丈夫にします。私は毎日、寂庵のスタッフと一緒に大笑いしながら暮らしています。だからこんなに長生きしている。今日から和顔施、ぜひやってみて下さい。

ただ、自分の幸せに気がつかず、自分を不幸だと思っていたら、他人の幸せに心を向ける余裕は出てこないと思います。

そこが人間の難しいところでしょう。だから私は、寂庵での法話の会のはじめに、必ず「ここに来られたということは、みなさんとても幸せなのよ、恵まれているんです」と語りかけます。

寂庵に来たいと思っても、お金がない人、病気になって来られない人、介護で家を留守に出来ない人、そういう人がたくさんいる。「今ここにいることは、決して当たり前じゃない、有り難いことなの」と伝えるのです。

今こうして本を読んでいるみなさんも、読書したくても出来ない人がたくさんいることに思いを致して下さい。そんな想像力、やさしさが、忘己利他の第一歩になると思います。

今の自分に出来る範囲で十分

今、この世の中に生きていて、「辛いことが何もない」なんていう人は病院に行った方がいいですよ。それは頭がヘン。たとえ自分が辛くなくても他の人はみんな何か辛い思いをしています。

人間が生きるというのは、喜びもあるけれど、本質的には辛いことなのです。けれども、その辛いことを味わうために人間は生まれてきたし、生かされています。

辛いのは仕方がない。そこで「辛い世の中をいかに有意義に生きるか」ということが大事になってくる。

その問題に対するひとつの答えが最澄さんのことば「忘己利他」です。自分の利益を忘れて、ただ人の幸せのために一生懸命になりなさい、考えなさいということ。わずかでもいいからこれさえ出来れば、人は生きたかいがあるのです。

私たちは、いつも「自分にとってこれはどうなのか」と考えていて、自分が得をする行動だけを選択してしまいます。これがおいしいから飲むとか、もらえる権利がある財産は全部もらっておかねばとかね。

そうじゃなくて、たとえば「私はどうでもいいから、あの人にこのお金をあげたらもっと役に立つだろうな」と考える。そして、おしいけれどもその人にあげる。それが忘己利他なのです。

天台宗の教えの中で、私の一番好きな教えです。法話の会では「今日はこれだけ覚えたらいいの」とよくいっています。忘己利他、自分のためじゃなくて自分以外の人の幸せのために生きる。とてもいい教えだと思います。

ただね、無理に頑張らなくてもいいんです。そのまんまの自分でいいから、今の自分に出来る範囲のことを、誰かのためにしてあげて下さい。


今の世の中が結構だなんて思っていたら、それはおバカさんでしょう。全く結構じゃないわね。たとえば、世界中に難民がいます。日本にも災害などで難民のようになっている人たちがいます。自分が幸せでも、そうじゃない人がたくさんいるのです。

ほんとに嫌な世の中ですが、自分以外の誰かを幸せにするためにこの世に生きているんだと考えましょう。そうすれば、自分以外の誰かが幸せになるように、自分の出来る範囲で何か手伝えるはずです。

よその国で戦争が起こって、家が焼かれて、子供が殺される。「そんなの他人事、私には関係ないわ」じゃダメなんです。

自分が家で暖かくしていても、家をなくして寒さが身に染みている人はどんなだろうと、同情してほしい。心で思うだけでも、それは通じます。「私には何も出来ないけれど、可哀そうだな」と思うだけでも、相手に通じる。そういうことを考えてみて下さい。

自分の死に際に、私はこう生きたと振り返る。その時、何の苦しみも知らず、誰の苦しみにも無関心なままで、それで人生を生きてきたと胸を張って言えるかしら。そんな人生、私はつまらないと思います。

ただひとり歩め

たった今死んでも、私は、「ほんとに自由に生きた」と胸を張って言いきれます。それだけは自信があります。

二十五歳の時に小説を書きたくて家を出ました。夫よりも他の男が好きになったというのもひとつのきっかけです。当時流行っていた坂口安吾の『堕落論』の影響も大きかった。伝統に反対し、権威に反対し、自分の心の命じるままに動いていけばいい。安吾はそう私に教えてくれました。

この世の中で自分のやりたいことをやりきること、つまり自由に生きるということは、非常に大変です。実際、そう生きてみたらほんとに大変なことだった。その大変なことと懸命に闘って自由を守ってきました。

それは誰にでも出来ることではないと思います。自由というのは非常に大変なことなんです。だから、私のような生き方は人にはあまりすすめません。

そもそも自由に生きるなんて、贅沢なことなんです。自由に生きようなんて考える人は、だいたい異常な人ですからね。どんなにきつくても苦しみを味わうのは当然でしょう。

でもね、私はそういう人が好きです。不良とか、まともじゃない人が好きです。

たとえば、ショーケンです。二〇一九年三月に六十八歳で死んでしまった俳優の萩原健一です。若い頃からずっと好きで、彼も私のことを「お母さん」と呼んで慕ってくれました。

この年になるまで、本物の天才や、「偽天才」にもたくさん会ってきました。ショーケンは間違いなく本物だったと思います。本物の天才は孤独といういばらの冠を自分の知らない間に頭に戴いています。そして、その冠をかぶったまま、この世を去っていきます。

私はだいたい、いじめられている人にやさしい。薬をやったり不倫したりしてマスコミから叩かれているような人たちを、つい助けたいと思う。

私自身、自分の中にいつ警察に捕まってもおかしくない要素をいっぱい持っているからでしょうね。でも、一度も監獄に入ったことはない。悪いことを実行する勇気がないからですが、なんで捕まらないんだろうとも思います。

自由に生きることを追い求めたら、人はどうしたって孤独になるのです。つつましい家庭の平安や血のつながった家族の結束などを望まない、本人の強い意志が命がけの業績だけを選びとるのでしょう。

お釈迦さまはこんなふうにおっしゃっています。

「同伴者の中におれば、休むにも、立つにも、行くにも、旅するにも、つねにひとに呼びかけられる。ひとの欲しない独立自由をめざして、犀《さい》の角のようにただ独り歩め」（スッタニパータ）

「同伴者の中におれば、遊戯と歓楽とがある。また子女に対する情愛は甚《はなは》だ大である。愛しき者と別れることを厭《いと》いながらも、犀の角のようにただ独り歩め」（同右）

インドサイの鼻先に一本だけそそり立つ角は孤独のたとえです。「孤独を怖れず、ただ独り歩め」とお釈迦さまは説いています。これは俗世を離れ、悟りを求めて修行する出家者に向けたことばですが、私たちでも同じでしょう。

他人の目や干渉を気にせず、自由に自分のやりたいことをやりきるためには孤独に生きることを覚悟しなければなりません。そこには愛する人との別れも含まれます。

人間は本質的に孤独なものだと何度か話してきました。その孤独を真正面から引き受けることが、自由に生きるということです。

私が不良を好きになるのは、そういう人たちが孤独だから。犀の角のようにただひとり歩んでいる姿は力強くて、とても恰好いいと思いますね。

「私なんか」ではなく「私こそ」

私の秘書の瀬尾まなほは、二〇一一年春から寂庵で働いています。大学四年生の秋に就職活動ではじめて寂庵を訪ねて来ました。もう大学を卒業するというのにどこも雇ってくれなくて、最後にお友だちの紹介でうちに来たのです。

彼女は当時二十三歳。瀬戸内寂聴が尼さんだというのは知っていました。私がこんな頭でテレビとかにわりと出ているからね。けれども、小説を書くのが私の本職だということは知らなかったんです。何を聞いても知らない。「まあ、よく来たもんだ」とあきれました。

「何か小説を読んだことある?」と聞いたら、「いえ、ちっとも」といって、「あっ、谷崎潤一郎の〈ほそいゆき〉は知ってます」なんて答える。

でも、私は全く文学少女じゃないところが気にいって、「明日から来ていいよ」といってしまったんです。なぜかというと、文学少女というのは掃除が下手で、台所仕事が下手で、とにかく汚くして、何の役にも立たない。そのくせ理屈ばかり言うのね。そんなのが来ても困るから文学少女は雇わないいんです。

まなほは、谷崎潤一郎の『細雪』さえ知らない、もちろん瀬戸内寂聴の小説も読んでいない。だから「これはいい」と思って、それで即雇うことにしたんですね。

そして寂庵に来るようになって、はっと気がついたらもう八年もうちにいるんですよ。私が死ぬまで寂庵にいると言うんです。

彼女は頭がいいし、とてもやさしいし、秘書としても優秀です。私がこうしてほしいなと思っていることを、そう言う前にぱっとわかってくれる。だからずっといてもらっているんです。

特に最近はすごくいい。前はね、まなほは何か話をしているとすぐに「私なんか」といっていたんです。「私なんか、そんなの無理です」とか。何かというと私なんか、私なんか……。

私は滅多に怒らないけれど、ある時、すごく怒ったんです。「私なんかということばは失礼だ」と。「私に失礼だし、第一あなたに失礼だ！」って、怒鳴った。「人間はどんな人でも、誰でも生まれてくる値打ちがあって生まれてくる。だから自分をバカにするもんじゃない。私なんかなんて、二度と言うんじゃない。今度いったらクビにするよ！」

それ以来「私なんか」といわなくなったのです。

まなほにいわせると、それは驚くべきことだったそうです。彼女はずっと自分に自信が持てなくて、私なんか、私なんかと思っていた。中学の時にいじめられて、半年くらい同級生が口もきいてくれないことがあった。それをひがんでいて、私なんかが口癖になっていたと、涙ながらに言うんです。

人は、ほんの些細なことで自信を失って、すぐ自分を標準以下だと思って、つい「私なんか」と言いがちです。自信がないというのは自分を信じていないことです。でもね、そんな情けないことをいっていても、ほんとは誰にでも、いろんな才能があるんです。だから私なんかと思ったらダメなんです。それは自分自身に対して失礼だと思って下さいね。せっかく生まれてきたこの命を誇りにして自慢して、そして大事にしましょう。私なんかではなく「私こそ」と思って生きていきましょう。そうしなかったら罰があたりますよ。

天上天下唯我独尊のほんとの意味

お釈迦さまは今からおよそ二千五百年前、四月八日にインドの北方、今のネパールの南部で、サーキャ国の王子として生まれました。

仏典には、お生まれになったお釈迦さまが前に七歩、後ろに七歩、右に七歩、左に七歩、上に七歩、下に七歩あるいて、右手で天を指し左手で地を指して「天上天下《てんじょうてんげ》唯我《ゆいが》独尊《どくそん》」といったとあります。

文字どおり解釈すると、「世の中で自分ほど偉いものはない」という意味になりますが、私は違う解釈をしています。

天上天下唯我独尊というのは、「世の中に自分という命はただひとつだ」という宣言です。つまり「人間の命はこの世にひとつしかない。だから尊く、大切にしなければならないのだ」と、お釈迦さまは説いているのです。

これは、まさに「私こそ」の思想ではないでしょうか。自分と同じ人間がこの世に生まれたことは過去に一度もなかったし、未来においてもその可能性はゼロなのです。

人間の命は一つひとつが等しく尊い。これが天上天下唯我独尊のほんとの意味です。私の命も天上天下唯我独尊、あなたの命も天上天下唯我独尊。一人ひとりがかけがえのない命を持ってこの世に生まれてきました。

だから私たちは、自分を粗末にしてはいけない。そして、他者を粗末にしてもいけないのです。「私なんか」ではなく「私こそ」、「あなたなんか」ではなく「あなたこそ」

と思って生きていきましょう。

あなたは生まれてきたかいがある

私はよく法話の会に来た人たちにこう語りかけます。

「みなさん、ほんとに美しい。自分が思っているよりも美しいですよ。美しいだけじゃなくて、みなさんいいものをたくさん持っています。そうじゃなかったら、京都にはもっといいところがたくさんあるのに、わざわざ寂庵に来ないでしょ？　それだけでもみなさんが素晴らしい人たちだという証明なんですよ」

この本を読んでいるみなさんもそうです。必ずあなたにしかない素晴らしいものを持っています。だから決して「私なんか」と思わずに、「私こそ」と思いましょう。「私こそ、生まれてきたかいがある」と思って、一生を送りましょう。

みなさん自分をあきらめないで、自分を見損なうことはやめて下さい。

私なんかではなく、私しかないのです。自分には取柄がないというのは、自分に失礼ですよ。その人の好きなことが才能ですから、必ずあなたにもそれがあります。他の人と比べて「私なんかには出来ない」と思わないで下さい。ほんとはみんな何でも出来る。人の目なんて気にすることはないのです。

「私」というのは非常に大切なものですよ。みなさんはほんとに尊い命をもらっている。私たちはひとりで自分勝手にこの世に生まれてきたわけではありません。お父さんとお母さんが出逢い、愛しあったということが自分という人間が生まれてきた原因でしょう。そんな偶然のもとに生まれてきた自分の命だからこそ尊いのです。やはり有り難いことなのです。だから、私という尊い命を大切に使いましょう。

この話を聞いて、何か自分のやりたかったことを始めようと思ってくれたら、それだけでもこの本を出した値打ちがあります。

そして何か結果が出たら、寂庵にお参りに来て報告して下さい。ただ、私はもう死んでいるでしょう。でも、報告してくれたら、きっと私の魂が喜ぶと思います。

「大いなるもの」に生かされている

私たちは「大いなるもの」に愛されて生きているのだと思います。愛とは許すことだと繰り返し言いました。つまり人間は、何か人間を超えたもの、それは神や仏、宇宙の生命などと呼ばれるものです。そうした目に見えない、何か大いなるものに許されて、その力によって人間は生かされているのでしょう。

今この本を読んでいられるのも、あなたが仏さまとか神さまとか、何か大いなるもののおかげで、ここにいられるからです。

誰でも自分で気がつかないうちに、いろんな悪いことをしている。それを大いなるものが許してくれている。だから私たちはこうして生きていられる。

仏さまや神さまは、人間を愛しきっています。だから何か気にいらないことをされても許す。そういう存在に私たちは生かされているのです。

人間は生まれたくて生まれてきたんじゃなくて、何か大いなるものが生まれさせてくれた。あなたがこの世に必要だと思って、あなたに命を与えてくれたのです。

だから生まれてきた以上は、誰かのために自分は生きているんだと思って下さい。あなたを見ただけで心が明るくなる人が必ずいます。誰でも誰かの生きがいになっているんですよ。

たとえば、結婚して子供がいて、それでも「私は何のために生きているんだろう」なんて悩む。贅沢じゃないですか。罰があたります。ご家族だけでもちゃんと幸せにしている。それで十分だと思います。

ご主人もあなたがいるおかげで安心して働ける。子供もお母さんがいつもニコニコしていて美しくしていたら、どんなに嬉しいことか。

私たちはみんな必要があって生かされています。一人ひとりの人生に意味があるんですよ。

まだ寂庵が出来たばかりの頃、ある冬の寒い日のことでした。門のところで女の人たちの話し声がするから、外をのぞいてみたんです。見ると四十代くらいの奥さん風の人たちが六、七人集まっている。それで「どうしたの？」と声をかけたら、「ここまで来たけど入ろうかどうしようか、迷っていたんです」という返事。「あらあら、寒いからどうぞお入りなさい」と、お堂に上がってもらって話を聞いたんです。

みなさん身なりのきちんとした裕福そうな人たち。ハンドバッグなんかずいぶん高そうなものを持っていました。

「何のお集まりですか？」

「私たちは、障害のある子供の親です」

お子さんたちがそれぞれ違う障害があって、今、その子たちは施設に入っていて、毎週子供の様子を見に来ているということでした。

「それは、ご苦労されましたね」

そう言うと、「あの子が生まれてきた時は、子供を殺して自分も死のうかとほんとに悩んだ」と打ち明けてくれました。みなさんが異口同音に「どうして生きていこうかと

苦しんできた」「とても辛かった」と。しかし、
「いろんなことがあったけれど、今となっては、あの子たちが私たちの仏さまです」
そう言われたんです。私たちはそれまでの人生、順調だったから、世の中にいろんな苦労をしている人たちがいるということがわからなかった。あの子たちが生まれたために、他の人の苦労を思いやることが出来るようになった。それはあの子たちを授かったおかげで、とても有り難いことだと思う……。

みなさん、とても明るくそんな話をしてくれました。非常に辛い思いをしたけれど、今では障害のある子供が自分の生きがいになっている。お子さんが仏さま、神さま。とても感動しました。

やはり誰でも誰かの生きがいになっていて、共に生かされているということなのでしょう。

私の観音さま

私は九十二歳の時に腰椎の圧迫骨折で入院しました。その時に胆のうガンも見つかりました。

九十を過ぎたら、お医者さんは何かあったら困るから手術をすすめないのね。「どうしますか?」と聞く。私は即座に「すぐとって下さい」と答えました。だって気持ち悪いですね。ガンがあるのがわかっているのにそれを体の中に持っているなんて。

お医者さんはニコニコして「じゃあ、とりましょう」と。実はその人はガンをとる名人だったんです。

ガンをとってもらっても治らない人もいるけれど、とってもらったらだいたい治るんですよ。九十四歳の時には心臓と足の血管を広げるカテーテル手術も受けました。

医学は日進月歩ですから、今はたいていの病気が治ります。だから私もなかなか死なない。

秘書のまなほとか、寂庵のお堂担当の馬場君江さん（若く見えるけれど、七十過ぎなんですよ）、会計を任せている池本竹美さんなど、そばにいる人たちもよくしてくれるから死なない。

私も何かに守られて生きているのでしょう。

「どうして私は病気しても死なないで、毎度また寂庵へ帰って来るのかしら？」

もう三十年もお堂を守ってくれている君江さんに聞いたら、

「それはお堂の観音さまが守ってくれているんです」と間髪いれず、君江さんが答えた。

「他の人にはいえないけど、あなた知っているじゃない？　私がろくにお経もあげない、掃除も人任せ、観音さまによくしていないこと。誰も聞いていないから、ほんとのことをいってごらん」

そうしたら、彼女が平気な顔で答える。

「私が庵主さんの代わりに毎日お経もあげるし、掃除もするし、お線香をあげるし、拝んでいます」

君江さんは、はじめはうまく出来なかったけれど、今では般若心経も私より上手にあげるし、調子よく木魚もたたくし、お堂のことは何でも出来るようになっています。そのおかげで私は病院で死なずに、いつも寂庵に戻って来られるのだと彼女は言います。

私はいつ死んでもいいと思っているから、ありがた迷惑みたいな気もするけれど、まあ私にとっては、君江さんが観音さまのようなものなのかもしれません。

「自分は信心があさくてダメだ」なんて思っている人もいるでしょう。でも病気になっても、あなたの旦那さんや奥さん、きょうだい、お子さんたちが「早く治して下さい」とちゃんと拝んでくれるから、心配しなくても大丈夫なんです。

ひょっとしたら「とても苦しがっているから、早くそっちに送って下さい」なんて、拝むかもしれないけれど。

私も九十二歳の時に圧迫骨折で入院した時は、すごく体中が痛くて、その痛みがぜんぜんとれなくて、「神も仏もあるものか！」って思ったものです。

でも、長く入院したおかげで胆のうガンが見つかって、すぐに手術してもらうことが出来た。悪性だったから、もしとっていなかったら、とても九十七歳の今まで生きていられなかったかもしれません。

やはり仏さまも神さまもいらっしゃるのでしょう。

最高の財産はお友だち

みなさん、やはり「目に見えないもの」を大切に考えるようにしましょう。

目に見えるものといったら、お金とか家とか、服やバッグ、グルメ……。そんな目に見えるものだけに価値を認めていたら、それを求める欲望には限りがありません。上を見たらきりがないから、いくらお金を持っていてもどんな豪邸に住んでいても満足できないでしょう。

目に見えるもの、つまり形あるものはいつか衰え、崩れていきます。

お金ばかりを頼りに生きる人は、いつかお金に裏切られます。お金で愛が買えますか、子供が授かりますか、お友だちがつくれますか。やはり出来ないでしょう。たとえ出来たとしても、それは砂を嚙むような味気ない関係にすぎない。お金抜きの愛情や友情に比べるべくもないのです。

目に見えないものというのは、たとえば仏さま、神さまです。あるいは一人ひとりの命。それから人の心、これも目に見えません。

こうした目に見えないものを大切に考えないと、いつまでたっても幸せにはなれないと思います。「お金があったら何でも出来る」「モノが豊富にあったら幸福」などという考え方の先にほんとの幸せはないのです。

九十七歳になって、何が生きてきた財産かなと考えると、やはり友だちです。肉親じゃない、最後は友だちだと思う。だからみなさんも、ぜひお友だちを大切にして下さい。

血のつながりというのはいいようでいて、やはり面倒くさいことがいろいろあります。何のしがらみもない、よい友情は死ぬまでつづきます。

私の場合、今でも東京女子大の時の友だちが二、三人生きていて、仲よくしている。だからとても幸せですよ。みんな誰が先に死ぬかなあなんて見ているけれどね。

作家の佐藤愛子さんが私のひとつ年下で九十六歳。彼女とも若い頃からずっと仲がいい。九十二歳の時にエッセイ『九十歳。何がめでたい』（小学館、２０１６年）が売れに売れた。いい冥途の土産が出来ましたよね。

愛子さんは私と話したりテレビで姿を見たりすると、とてもほっとするらしいんです。私の次は自分だと思っているから、私がまだ生きていると安心するんです。

そのうち誰かが死んでいくでしょうが、死んだ時にお葬式に行ったりお線香をあげに行ったり、そんなことをする必要はないのね。だって死んだ時に行っても仕方がないじゃないですか。お友だちは死んでいるんだから。そんなものはお坊さんに任せておけばいいのです。

この頃よく死んだ後で偲ぶ会なんてやるじゃないですか。あれもしなくていいと思います。みんな行かなきゃ体裁が悪いなと思って、世間に対する義理で行く。死んだ本人はいないのに、今さら本人がいるような顔をして、ちょっと淋しそうな顔をする。そんな心にもないことはする必要がない。

私は遺言に「偲ぶ会なんかする必要はない」と書こうと思っています。でも、まだ遺言は書いていない。まわりから、早く書けといわれているけれど、遺言って題を書いたとたん眠くなるんです。だって、自分が死んだ後でまわりがどうなろうと、こっちの知ったことじゃないから。

ただ、寂庵はどうしたものかなと思っています。そうそう、この頃、よく尼さんたちから手紙がくるんですよ。私が死んだ後で寂庵に入ろうと思っているとね。でも、私だからみなさん来てくれていると思います。法話の会には全国から百五十人も集まるんですよ。毎回抽選で、応募の葉書はいつもその十倍くらい届くんです。

私が死んだ後も寂庵に人がお参りに来てくれるのか、それだけが心配です。

とにかく生きている間、みなさんもお友だちを大切にして下さい。

人間の一番の美徳は「やさしさ」

六十六歳年下の秘書のまなほが寂庵に来るようになって、八年が経ちました。彼女のおかげで一日に何回も笑うようになりました。とんでもないことを言ったりしたりするから、怒るよりも大笑いしてしまうのね。

彼女が入った頃、寂庵には長く勤めている五十代、六十代の女性スタッフが六人もいたんです。今はまなほを含めて三人だけ。古株のスタッフたちは、私のことを「庵主さん」と呼んでいました。そうしたら「どうして先生のことを、みんな〈まんじゅうさん〉って呼ぶんですか?」なんて、まなほは聞く。笑うじゃないですか。

朝起きて「おはよう」という時から毎日ケンカです。もちろん口ゲンカ。彼女の方が体が大きくて力も強いからとてもかなわない。こっちは時々、足で蹴っ飛ばすけれど。

「どうしてこのお鼻はこんなに低いんでしょうね?」と首をかしげながら、私の鼻をつまむのよ。彼女は自分の鼻が高いのが自慢だからそんなことをするんです。わざわざ私の目の前でスクワットもする。お尻をこっちに突き出して変な恰好でね。そんな時はお尻をピシッと叩いてやります。

「どんなパンティはいてるんですか？　先生のは、どうせズロースでしょ？」なんて私をからかうと、「私の今日のパンティはこれです」といって、いきなりスカートをたくし上げて、花柄の可愛らしいパンツを見せたりする。でも、怒るよりおかしいからね。毎日ケンカしながら笑いながら暮らしています。

笑うことは体にとてもいいそうですね。この八年、いろんな病気をしたけれど、彼女が毎日笑わせてくれるおかげで、相変わらず元気でいられるのでしょう。

それにまなほはとてもやさしい。もちろん彼女だけじゃない、他の二人も、私が病気になったりするとほんとにやさしいんです。

寝こんだ時には、自分で顔が洗えません。そんな時に蒸しタオルで顔をふいてくれる。そこまでは当たり前かもしれないけれど、その後で必ずパックまでしてくれるんです。

よく法話の会などでみなさんに「どうして寂聴さんのお顔はそんなに艶々しているんですか?」などと聞かれます。それは、彼女たちにパックしてもらっているからなんですね。

ただ、パックは彼女たちが韓国に行ってまとめ買いしてきた安いやつ。それはわかっているけれど、パックをしてくれるということ自体がやさしい。髪の毛が伸びていたら剃ってくれるし、お化粧もしてくれるし、ほんとにすることがやさしいんです。

人間というのはやさしいのが一番の美徳なのだと思います。年寄りの世話をするのを嫌がる若い人は、その美徳がないのかもしれません。やさしいというのも、やはりひとつの才能なのでしょう。やさしさという才能に恵まれた子がうちに来てくれたことは、とても有り難いことだと思います。

百歳になっても人は変わる

年齢が六十六も違うと、考え方も何もかも違います。たとえば、寂庵には仕事の関係で男性が訪ねてきます。帰った後「あの男、いいね」と私が言うと「どこがいいんですか！」なんてあきれられる。もちろん、これはケンカになりません。好みが違うからいいのであって、同じだったら取りあいになります。

若さというのは、やはり頼もしい。考え方も開けているから、ずいぶん教えられるところがあります。若い人とつき合うということは、こちらも心が若くなるから楽しい。

第一、ことばが違います。貞操なんていうことばを知らない。「どういう意味ですか？」と聞く。「誰とでも寝ないことよ」と答えると「それがどうしていけないんですか？」なんて真顔で聞く。

私が手で書いた原稿は、まなほにパソコンで打ってもらうことがあります。打ちながら「こんなことば、今の若い子は使いませんよ！」なんてダメ出しする。「じゃあ、なんて言うの？」と聞くと、彼女が直す。読み返してみると、文章が前よりも生き生きしてくる。

そういい人類と暮らしていると若返ります。若い子の神経がだいぶうつってきました。百歳近くなってもやはり人間は変わるのです。

向こうも「ヘンなばあさん」と思っているでしょう。両方が刺激されて、とても面白い生活になっていると思います。

もちろん、彼女たちに頑固に反対したら、ごはんを食べさせてくれなくなるでしょう。こっちが合わせるよりしようがない。でも、とても楽しいですよ。

お姑さんがお嫁さんと合わないという家がよくあります。「なんだ、あんなことして」などと何かにつけて腹が立つ。世代が違うから仕方がないことなのでしょう。

でもね、お姑さんはお嫁さんにそった方がほんとは楽。お嫁さんをおだてて何でもしてもらった方が楽しく暮らせると思います。

世の中、どうしたって若い人の考えが勝っていく。古い考えが通っているように見えても、やがて必ず負けます。だから「最近の若いやつらはダメだ」なんていわない方がいい。

若い人は時代とともに生きています。私たち年寄りは若い人の意見をどんどん聞いて取りいれた方が楽に暮らせるでしょう。

第五章

死ぬ喜び

人間、死ぬ時が一番いい顔

人間はいったん暗いことを考えると、ほんとにどんどん暗くなって気持ちが沈んでいきます。だから「今夜はこれ食べてやろう」「あの人に電話しよう」と楽しいことを考えながら、出来るだけ明るく生きた方がいいに決まっています。

「死」についてもそうでしょう。「死ぬのが怖い、怖い」とばかり考えていたら、その恐怖に押しつぶされてしまって、暗い気分のまま一生が終わってしまいます。そんなのバカらしい。

いつ死ぬかもわからないし、死がどういうものか、死んだ後にどうなるのかは誰にもわからない。一度死んで、またこの世に戻ってきた人は一人もいません。とにかく誰にもわからない。

それなら、死についても楽しく考えた方がいい。そのことを最後に話しておくことにしましょう。

死ぬ時は、みんな顔がとてもきれいになります。あれは不思議ですよ。ほんとにみなさん、生前よりも格段に美しくなる。

たとえば、作家の宇野千代さんです。もともときれいな人でしたが、九十八歳で亡くなってお通夜に行ったら宇野さんと親しかった女優の山本陽子さんが喪服姿で枕元に座っていて、とてもきれいでしたが、彼女よりも宇野さんの死に顔の方がはるかに神々しく美しかった。びっくりしましたね。

私の甥の敬治もそう。死にそうだというので徳島の病院に駆けつけたら、シワひとつなくて、非常にきれいになっていました。「えー、こんないい男だったの」と、どきっとするほど美しく爽やかな顔で目を閉じていた。彼が死んだのはそれから五日後のことで、七十九歳でした。

女も男もたくさん死に顔を見ましたが、お化粧なんかしなくてもその人の一番いい顔だなと思います。みんな驚くほどきれいです。

人間は、死ぬ時にその人の一番いい顔になる。生きている間にこびりついた何か嫌なものがすっかり消えるのかもしれません。

孤独死は立派な死

私は、孤独死をあわれな死だとはあまり思いません。「ひとりで死んで可哀そう」とは思わない。むしろ「よかったじゃない」と思うのです。

みんな孤独死を「こんな淋しいことはない」などと、さも悲惨なことのように騒ぎます。けれども、どんなにたくさんの身内に見守られていたところで、死ぬ時はやはり淋しいものでしょう。

京都の女友だちの臨終に立ちあったことがあります。「もう死ぬから来てくれ」と息子さんに呼ばれて、お宅に行った。

お嫁さん、夫や子供、孫まで、身内が全部集まっていました。みんなシクシク泣いて、臨終を見送ろうとしている。私はお坊さんとして何か声をかけなければ、と思って死の床についている彼女に言いました。「あなた幸せじゃないの」と。

「いまどき病院で死なないで、家で死ぬなんてよかったね。しかも家族みんながこんなに大勢集まってくれて、あなたを見送ってくれる。ほんと幸せね」

そうしたら、死にかけている彼女がぱっと目を開けて、突然、喋ったんです。

「だから、死にたくないんです！」

「どうして私がこの中からひとりだけ抜けて、死ななきゃならないんですか、悔しい……」

何とも言いようがありません。そんなことを言いそうにないしっかりした人だったから、ほんとに驚きました。

「みんなに見送られて死にたい」とはよく言われますが、かえって無念や淋しさが倍増するのかもしれない。その時になってみないとわからないでしょう。死んでしまった本人の気持ちはわからない。

私は九十二歳で胆のうガンをとった時、全身麻酔をしました。おへそのまわりに三つ穴を開けて、ぴゅうと袋ごとガンを摘出しました。痛くも痒くもなかったんです。後で見たら、焼いたらおいしそうな胆のうでした。

その時の全身麻酔がとても気持ちよかった。すうっと意識が遠のいて何もわからなくなる。「こういうのが死の瞬間なのかな。だったら死ぬのも気持ちいいな」と思いました。

ただ、みなさん覚えておいて下さい。全身麻酔は非常に気持ちがいいけれど、麻酔が切れる時が怖いんです。夢うつつの時にいっちゃいけない人の名前を呼ぶことがあるそうです。昔むかしの恋人の名前や、今の不倫相手の名前を呼ぶというのです。

秘密は秘密のまま死んだ方がマシかもしれません。でも、お医者さんはそのことを誰にもいっちゃいけない。法律で禁じられているそうだから安心して下さいね。

私は誰の名前も呼ばなかったらしいですが、心配な人は麻酔の前にご主人や奥さんの名前を一生懸命に唱えて、それが声に出るようにしておきましょう。

親や家族の死にどう接するか

人間は本来、やさしく出来ていると思います。たとえば、年寄りにやさしい、弱い子供にやさしい。それが自然なのではないかしら。でも生きている間に、本来そなわっているやさしさが失われていく。

私たちの世の中は悪いことがあまりにも多いから、だんだんやさしさが削られていくのかもしれません。

でもね、それがたまたま純粋に残っている人もいる。たとえば、二十年以上も結婚もしないでずっと親の介護をしてきた人に、「よく出来たわね、どうして?」と聞くと、「だって親ですもの」とひと言、朗らかな笑顔で答えたりします。

そんな人に出逢うと、「ああ、この人こそ観音さまだ」と思わず手を合わせたくなります。

今、親の介護に悩んでいる人が多くいます。つい乱暴に扱ってしまうとか、ひどいことを言ってしまい、自分を責める人の声をよく聞きます。

施設に入れても、家族がお見舞いに来る老人はいばっているそうです。見舞いに来ない人は捨てられたと思って、どうしても惨めになると言います。

死にも明暗があるのかもしれません。面倒を見る家族に愛があるかないかの違いによって明暗が分かれるのでしょう。

ただ、それは仕方がないことだと思います。親よりも愛する人がいたら、やはりそちらにやさしさが向かう。施設に入った親よりもやはり今の自分の夫や妻、子供との生活の方が大事になる。だからほんとに難しい。

でもね、悩み苦しみながらも最後まで面倒を見た人は胸を張っていいと思います。

「早く死にたい」などと訴える人も少なくないでしょう。たとえば、寝たきりのお父さんが、死んだお母さんのところに早く行きたいなどと子供たちに訴える。それはおそらく本音だと思います。

そこで延命治療をどうするかという問題が浮上します。その中止を決断した家族の中には後悔する人も少なくないようです。でも私は、本人の希望がわかっていたなら、この世の苦しみから早く楽にしてあげたのだから何も後悔することはないと思います。「尊厳死」という考え方も出てきました。無駄な延命治療はやめてほしい、でも痛い思いはしたくない。そんな本人の望みに応える終末期医療です。実は私もそれを望んでいます。

ただ、たとえ本人が望んだとしてもそう簡単にはいかないんですね。

私の姉、艶の場合がそうでした。姉は六十六歳で死んでいます。大腸ガンが見つかった時はもう手遅れ。私は早く姉を楽にしてほしいと思いました。だから延命治療はしてほしくなかった。ところが姉の子供、私の甥は「嫌だ」と言うのです。「とにかく生きていてほしい」と。

これが姉妹と親子の愛の違いだと思いました。それからは姉の延命治療について一切口をはさみませんでした。幸い、よい終末期医療をしてくれたので、あまり苦しまずに姉は死んでくれました。

死んだらみんなに逢える

そもそも死ぬことはたいしたことじゃないのかもしれません。人間、生まれたら死ぬのが当たり前だから。

私はもともと、死んだら次があるとも思っていません。法話では、「死んだらみんなに逢える」と言うけれど、死んだら何もないんじゃないかなとも思う。あの熱い火で焼かれて骨だけになって、あと何があるというのかしら。

火葬場で体のかたちのまま骨がすっと出てくると、私でもドキリとします。ゾッとすると言う人もいる。自分が愛して一緒に寝たような人があの姿で出てきたら、悲しみとともに恐怖を感じるのでしょうね。

そして、その骨をお箸でつまんで骨壺に入れる。その時に、次があると思えた方が慰めになるでしょう。

「私もいつかこうなる。でも、また逢える」と思えた方が、やはり悲しみや恐怖は癒されます。

私は残された人たちの心が少しでも軽くなってほしいと思います。だからこれからも「死んだらみんなに逢えるわよ」と言いつづけるでしょう。ほんとのことは誰もわからない。嘘ではないから。

生きる者はすべて死ぬ。ひとり残らず、全部。それはいっそ壮観じゃないですか。もし、自分は死なないと思っている人がいたら、すぐ病院に行って頭の方を診てもらって下さい。

でも、いくらそういっても、人間はいざとなったら嫌なのね。自分が死ぬということを認めたくない。元気な時は「ああ、それはそうですね」なんて聞いているけれど、重い病気になって助からないとわかっても、何かで助かるんじゃないかなと思うんです。

年齢は関係ない。いくつになっても自分が死ぬと思わないんです。私にしても、九十七歳ですからいつ死んでもおかしくないと覚悟しています。でもその一方で、「相変わらず元気で、よく食べるし、よく眠るし、よく笑う。なんだか百まで生きそうね」とも心ひそかに思っているのです。

一度くらい死んでみないと損

避けがたい死をどう迎えるか。誰でも心がけしだいで、安らかに自分の死を迎えることが出来ると思います。

自分の死に対する心の準備が出来ていない人はあわてふためくでしょう。どんなに偉いお坊さんでもそうなんですよ。ある鎌倉の高僧が病院で検査を受けた。お医者さんに「私はいつも死というものについて学んでいる。だから怖くない。はっきり言って下さい」とうながしたそうです。お医者さんは「さすが、偉いなあ」と思って、ガンを告知して「あと三カ月」と余命も告げたそうです。

それを聞いたとたん、高僧は「死にとうない、死にとうない」と泣きべそになったというのです。

ところが、寂庵に通っていた六十代の美容師さんは違っていました。ガンの告知を受けたと報告に来てくれたんですね。

「出来るだけガンと闘います。でも、いつも寂庵で、人間は死ぬものだと聞いていたので何も驚きません。運命だと思って受け入れます。だから、自分で全部済ませてしまいました。財産とか知らせる先とか、戒名もどんな葬式にするのかも、もう決めました。今はとても心が爽やかです」

負け惜しみではなく、ほんとに朗らかにそう言うんですね。まさに覚悟が出来ていて、私は感動しました。

鎌倉の高僧の「死にとうない」もとても正直でいいと思います。ちっとも恥ずかしいことじゃない。でも、普通の奥さんが見事な死に方をする。頭の下がることです。

出来れば覚悟したいと思いますが、なかなか死を受け入れるというのは難しい。その時になってみないとわかりません。

ただ最後の最後、「ありがとう」といえれば、救いがありますね。残されたものもそのひと言でずいぶん慰められるでしょう。

この世で生きている限り誰かを愛して下さい。あの世のことはわからないから、いくら考えても仕方がないと思います。

お釈迦さまも全く答えていません。仏教では「無記」と言いますが、お釈迦さまは「死を議論して何になるのか。今ここにいる人々の生だけを考えよ」と弟子たちに説いて、あの世のことなどは一切語りませんでした。

死んだら死にっきり。よくあの世を見たなんて言う人がいますが、みんなその手前で帰って来ているんですよ。向こうがどうなっているかは、この世の人は誰もわかりません。

でも、法話の会で「あの世はいいところ。先に死んだ人たちに逢える」などと話すと、みんなとても喜びます。「みんな待っていて迎えに来てくれる。その晩は歓迎パーティーよ」と言うと、とても盛り上がります。

中には「主人が死んで三十年経っています。私はこんなに老けてしまって、主人は私と気づいてくれるでしょうか」と本気で聞く人もいます。そういう人にはこんなふうに言うんです。

「あの世に行ったら外側なんかなくて、魂だけのつき合いだからね、あなたのご主人はあなたをぱっとわかって、ぱっと来てくれます。隣の奥さんのところなんかには行かないわよ」

そうしたら「あー、よかった」と、ほんとに嬉しそうな、ほっとした顔をする。死後の話に難しい理屈はいらないのかもしれません。どうせわからないことなら、楽しいことを勝手に想像していた方がいいじゃないですか。

みなさんも「一度くらい死なないと損」と思えるくらい、自分の好き勝手に、楽しいあの世を想像してみて下さい。そうしたらあまり怖がらずにすむと思います。

私の方が絶対みなさんよりも先に、あの世に行くでしょうから、向こうでこの世にメールが届くように運動します。いつになるかわからないけれど、「寂聴極楽メール」の着信をどうぞ楽しみに待っていて下さい。

極楽はあってもなくてもいい

ほんとに愛した人に先に死なれた人は、男も女もほんとに不幸な顔をしています。そう言うと、この世に残されるよりも自分が先に死んだ方が幸せのように思えます。愛する人に先に死なれると、嫌なことを全部忘れて、しばらくはよかったことだけを思いだす。みんな「あの人とめぐりあってよかった」と言います。そう思えるというのは非常に幸せなことではないでしょうか。

だから、そんな宝物のような人を残して自分が先に死ぬよりも、自分が残されて泣いている方が幸せでしょう。

残された人は「何を見ても涙が出る」とよく言います。でも、ずっとつづくわけではない。半年くらいは、よかったことだけを思いだして泣くけれど、そのうち嫌だったことも思いだします。

今日の悲しさや淋しさと一カ月後、三カ月後の悲しさや淋しさはやはり違う。「あれ、今日は一度も思いださなかったわ」という日が必ずやって来るのです。時間が心の傷を癒してくれます。

悲しい、淋しい。でも泣きながら、お腹が空いたらむしゃむしゃ肉まんを食べるでしょう。人間なんてそんなものです。つづかない、必ず変わる。だから生きていけるのです。

結局、人間は「独り」です。そして、だいたい女の方が生命力が強いので、孤独にも強いと思います。

巡礼などで見ていると、奥さんに先立たれた男性は遺骨を大事に胸に抱いてしくしく泣いて、行った先々で懸命に拝んでいます。結婚生活で悪かったこともいっぱいあるはずなのに、全部忘れる。女よりも男はずっと純情です。だから孤独に弱い。

女は三日前に旦那さんが死んでも、巡礼に来たら「アハハ」と笑っています。「あんた、いつまで泣いているのよ！」なんて、泣いている男の肩をバシッと叩いたりしている。

だから男の場合は、丈夫な女と結婚して、自分の最後、もう動けなくなった時に奥さんに面倒を見てもらって死んでいくのが幸せでしょう。

魂となって愛する人を守る

あの世があるかどうかはわかりませんが、魂はあると私は信じています。亡くなった人は、肉体を焼かれて灰と骨になるけれど、魂は残っていると思える。死んだ後に何もなかったら、この世に生きた意味がないと思う。私にはいわゆる霊感はありません。でも、時に彼ら、彼女たちの気配を身近に感じることがあるんです。

年をとるほどに悩みが少なくなって、楽しいこともたくさんあります。それを私は、私の肉親なり私が愛した人たちの魂が、みんなで私を守ってくれているおかげだと信じているのです。

亡くなって仏になった人たちは、人をいじめてやろうとか仇をうってやろうとか、そんなことは決してしません。みんな、この世に残した愛する人たちの守護神になってくれていると思います。私はそんなふうに身に染みて感じます。

だからたとえば、旦那さんに先立たれて非常に悲しんでいる奥さんには、こんなふうにお伝えするんです。

「お辛いでしょう。でもね、ご主人の魂はあなたを残して亡くなったことをとても気にしていて、必ずあなたのそばに来ていますよ。だから、朝起きて〈ああ、いい天気だ〉と思ったら、〈あなた、いいお天気よ〉なんて、ご主人が生きていた時のように語りかけて下さいね。魂は目には見えないけれど、きっとあなたの心にご主人の声が聞こえてくるはずですよ」

自殺で若いお子さんを亡くされた親御さんも、寂庵の法話の会にはよくいらっしゃいます。涙にむせびながらお話しされる姿にはかけることばもありません。それでも、魂のことはお伝えします。

「ほんとにお辛いですね、思いきり泣いて下さい。ただ、今日ここに来たというのは、亡くなったお子さんがあなたを連れて来てくれたんです。お子さんの魂もあなたと一緒にここへ来て、今あなたが泣いている姿を見ています。魂には辛いとか苦しいとかはありません。だから、お子さんは〈そんなに泣かないで、悲しまないで〉と願っていますよ」

そんなふうに話すと、少し安心したようなお顔になります。

生き残っている私たちが亡くなった人を忘れないことが大切だと思います。人間は忘却する生き物だからこそ、せめて愛する人のことはずっと忘れないでいたい。忘れないことが一番の供養です。

もちろん、いつまでも亡くなった人に引きずられて、生き残っている人が不幸になってはいけない。それは、せっかく守護神になってくれている魂を裏切ることになるでしょう。亡くなって仏になった人が、愛する人の不幸を望むはずがないのです。

亡くなった人がこの世に生きていたことをたまに思いだして、そっと手を合わせるだけでも、その気持ちは魂に確かに伝わります。

心の中で思うだけでも十分だと思いますが、どうしても心が落ちつかないという人もいるでしょう。そういう人には写経や巡礼をおすすめしたい。ずいぶん気持ちが楽になります。

この頃、「ペットと一緒にお墓に入りたい」と言う人が多いように思います。キリスト教は人間と動物は絶対違うということで、一緒のお墓に入れてくれないそうです。

私が名誉住職になっている天台寺では、ペットも一緒のお墓に入れてあげます。死んだら人間もイヌもネコも一緒です。きっと動物には魂もあって、やさしくしてくれた飼い主のそばにいるでしょう。

「お骨を手元に置いておいていいか」という相談もよくあります。私の答えは「気のすむまで置いておきなさい」。私の知り合いで、不倫相手のお骨を盗んで、それをきれいな器に入れて毎日なでている人がいます。罰なんか当たるものですか。仏さまはそんなに心が狭くない。大丈夫です。

私も死んだ不倫相手の骨を持っていました。友だちがほんの少しだけ盗んできて可愛い入れ物におさめて、持って来てくれたのです。ただ、何回か引っ越ししているうちにどこかにいってしまって、もう見つからない。でも、何ともないです。その人の面影を忘れなければ、いつでも魂を感じることが出来るのですから。

最近では、「墓じまい」の相談が増えています。たとえば、七十代の親御さんが「子供は全くあてにならないから、自分たちが死ぬ前に、先祖代々の墓をちゃんと始末しておきたい」と言うのです。

私は「放っておきなさい」と即座に答えます。「自分が死んだ後のことなんて、どうだっていいじゃないの」と。

死んで魂になるということは、仏になること。だから、魂になったら慈悲のかたまりになるのです。つまり、すべてを許す存在になる。この世に残った人たちが何をしようがしまいが許して、ただ見守る。

ご先祖さまもそんなふうになっていると思います。だから、世間体を気にして、墓じまいなんてわざわざする必要はありません。

第一、残された子供が先祖代々の墓を粗末にするか大事にするか、誰にもわかりません。人間は必ず変わります。親が死んだのをきっかけに、それまで見向きもしなかったお墓を大事にするかもしれない。その時にせっかくの先祖代々のお墓がなかったら、かえって不幸。子供が可哀そうです。

お墓は古ければ古いほどいいんです。あちこち欠けていたり苔だらけだったりする方が、歴史があるということだから、ちっとも恥ずかしいことではありません。

死者を覚えていること、忘れないことが何よりの供養です。でも、人間はすぐ忘れる。私たちが忘れないためにお墓はあります。今あるお墓は、そのままそうっとしておきましょう。

死に対して私たちが出来ること

平成の時代は東日本大震災をはじめ、大きな自然災害がたくさんあって、多くの人が亡くなりました。

特に東日本大震災は前代未聞の原発事故が重なりました。その時、私は八十八歳。この年であんな悲惨を目の当たりにするとは思いもしなかった。早く死んでいたらこんな思いをしなくて済んだのに。自分の長寿を恨んだものです。

当時、私は背骨の圧迫骨折で寝たきりの状態でした。でも寂庵のベッドにいて、テレビであの映像を見たとたん、思わず立ち上がっていました。なんだ、立てるじゃない。だったら寝てなんかいられない、一刻も早く駆けつけなければ。その日からリハビリを始めました。

避難所に行って、愛する人を亡くした人たちにたくさん逢いました。ほんとに可哀そうだった。いえ、可哀そうなんて、そんな甘いものではありません。簡単に言いあらわせない。

昭和の時代、たくさんの人が戦争で死んでいきました。防空壕で焼け死んだ私の母はいるけれど、身内から一人も戦死者を出していない私は、戦場で愛する人を亡くした人たちに簡単に声をかけることが出来なかった。あの気持ちと似ています。

東北の避難所には、隣の家のおじいちゃんは遺体が出てきたけれど、うちのおじいちゃんはまだ出てきていないというような人たちがたくさんいました。そんな人の話を聞いたらことばなんてありません。何ていって慰めてあげていいかわからない。

「今は極楽にいて幸せと思いますよ」といったところで、何の慰めになるでしょうか。私が訪れたのはかつて立派な街があったところでした。しかし今は津波で家も何もない。駆けつけたものの、私には、みなさんにことば一つかけることが出来ない。

しばらくそこにいて、黙って浜辺に座って祈っていました。そうすると、いくらか気持ちが落ちつきました。

阪神・淡路大震災の時もそうでした。被災地はしょっちゅう通っていたところだから、ほんとにぞっとした。でも、避難所に行っても何も出来ない。自分には何も出来ないということが身に染みてわかりました。

だから、持参したポケットマネーを市長さんや町長さんにお渡しすると、私は、避難所のお年寄りたちに按摩してあげることにしました。何も出来ないけど、按摩なら上手だからといって。

五人くらいするつもりで言うのだけれど、「ああ、気持ちいい」と評判になって、私も俺もと二十人くらいずらっと列が出来る。くたくたになるけれど、全員してあげることになります。

そんなことしか出来ないんです。何もかもなくして、身内が生きているか死んでいるかもわからない人たちは、どんなことばも耳に入らないでしょう。

ただ、按摩をしているとこちらの気持ちもいくらか落ちつきます。どんな形であれ、少しでも不幸な人に寄り添いたいのです。

この一刻一刻を生きる

世の中は矛盾や理不尽だらけです。あなたは「よいことをしたらよい報いがある」などと教えられてきたかもしれません。でも、まわりを少し見てごらんなさい。

ほんとにやさしくて真面目な人が、職を失って困っていたり思いもかけない病気になって苦しんでいたり、ほんとにいい子が、災害や事故で両親を失って学校へ行けなくなったり。そんな人たちがたくさんいるじゃありませんか。

一方で、ほんとに憎らしい人が何だか知らないけれど、どんどんお金を儲けて、ちっとも似合わないミンクのコートを着て大きなダイヤモンドの指輪をつけている。

いい人が悪い目に遭い、嫌な人がいい目に遭う。そういう矛盾や理不尽なことがこの世の中にはいっぱいあります。

ただ、世の中に矛盾や理不尽があるから、私たちは「どうしてそんなことがあるの？」と真剣に考える。するとそこに哲学が生まれる。世の中を疑問に思い、考えたくなって物語を書く。これが文学なんです。

いっぱい矛盾があったり納得のいかないことがあったりする。それが人生なのです。人生は決して一色ではありません。ここは黄色、ここは緑と簡単にいかない、ありとあらゆる色合いを持っている。複雑な人生だからこそ、また生きがいもあるんです。

私たちは思わぬ不幸に遭います。でも、やはり仏さまや神さまは、私たちが耐えられない苦しみをお与えにならない。何とかそこを切り抜けていく力があるからこそ、様々な試練を与えられるのだと思います。

この世は「苦」だとお釈迦さまはおっしゃいました。けれども、与えられた苦は辛抱に値する苦であり、その苦を懸命に乗り越えた先で、必ず新たな強い力を与えられるのです。

ですから、どんな辛い時、苦しい時でも決して絶望しないで下さい。

どん底の下はありませんね。一番底にぶつかったら何でも反動で上にあがります。手《て》毬《まり》を落としたら必ず跳ね返ります。どん底に落ちたら、後は上向きになるしかないんです。落ちきった後にはどんどん運命がよくなります。

よく「生生流転」と言います。同じ状態はつづかない。すべてのものは移り変わります。お釈迦さまが説いた「無常」です。

今はどん底でも必ずいい方向に変わります。どんな暗闇の中でも光は見つかります。

私たちはいつかどうせ死ぬために生きてきたのです。死を思いわずらうことはやめて、その与えられた生涯の一刻一刻を大切にして、実りのある生き方をするようにしましょう。

瀬戸内寂聴の最期

九十七歳の誕生日、寂庵のスタッフが例年どおり、可愛らしいバースデーケーキを用意してくれました。ケーキの上には十数本のローソク。前の年と同じように、その火を勢いよく一気に吹き消しました。

「わあ、九十七とはとても思えない肺活量！」

みんな驚きあきれながらも安堵した様子で、スマートフォンのカメラをこちらに向けて、「何か、ひと言」とせがみます。

「生きすぎました……」

これが九十七歳の私の偽らざる感慨なのです。もう十分生きた、いつ死んでもいい。ここ数年の口癖です。

それでも私は、今も時に徹夜しながら小説や随筆を書きつづけています。私にとっては書くことこそが生きること。自分の文学に対していまだに満足していない。だから死ぬまで書きつづけていたいのです。

執筆中は全く疲れを感じません。むしろ高揚して元気になります。書くことは私にとって最高の快楽なのです。それは、作家を目指して家庭を捨てた二十五歳のあの日から、九十七歳の今も全く変わっていません。

思えば、不倫や出家だけじゃない、私のすべての経験は、やはり私の文学のためにあったのでしょう。

寂庵で法話の会があると、母屋から庭を通って二十メートルほど歩いてお堂に入ります。だから、最近はよくこう言います。

「母屋に戻る時、そこで転んで死ぬかもしれないわよ。これが最後だと思って、何でも聞きたいことを質問して下さいね」

ほんとにそんな「最期」になったとしても、私は全く後悔しないと思います。けれども、理想はあるのです。

夜中、いつものように書斎の机で小説か随筆を書いていて、そのまま原稿用紙の上に突っ伏して、ペンを握ったまま死んでいたい。朝、秘書のまなほが入って来て声をかける。返事がなくて何度も体をゆする。「先生、先生」。彼女の声は、私にはもう聞こえない……。

その様子を自分で書けないのが、とても悔しいけれど、それは仕方がない。あきらめましょう。

徹夜した時には、たまにその時の練習もしています。わざと机に突っ伏していると、まなほは、やはりどきっとするようです。彼女は怒りますが、私は彼女のふくれっ面を見て大笑いしています。

死んだ後のことは何も心配していません。どうでもいいと思っています。岩手の天台寺に小さな墓をもう買ってあるので、そこに骨を入れてくれたら十分です。

天台寺の霊園は墓石つきで一区画が五十五万円。他所と比べたら格安でしょう。墓石は全部同じかたち。とても簡素な横長の四角で、自分たちの好きな文字、絵や楽譜なども刻めます。私は今のところ、「愛した、書いた、祈った」と彫ってもらう予定です。

これで私の「終活」はおしまい。ほんとは、死者にとっては墓も不必要なのかもしれません。

浄土真宗の宗祖の親鸞《しんらん》聖人は、弟子たちにこう遺言しました。

「親鸞閉眼せば、賀茂河に入れて魚に与うべし」（改邪鈔《しょう》）

自分が死んだら川に投げ捨てて、魚にでもやりなさいというわけです。私の好きな一遍上人も、次のように言い残しています。

「わが門弟子におきては、葬礼の儀式をととのふべからず。野に捨て獣にほどこすべし。ただし在家の者、結縁のこころざしをいたさんをば、いろふにおよばず」（一遍上人語録）

自分が死んだら葬式なんかしないで、死体は野に投げ捨てて獣にくれてやれ。もし在家の人が葬式をしたいと言ったら、それは「いろふにおよばず」、好きにさせておけと。

私も葬式などは「するな」と遺言するつもりでいます。ただ、徳島県立文学書道館に瀬戸内寂聴記念室というのがあったり、つき合いの長い出版社がいくつもあったり、天台宗の権大僧正だったりするから、きっといろんな人たちが何かやりたがると思います。まあ、それは一遍上人と同じで、いろふにおよばず。好きにさせておきましょう。

とにかく、私は死ぬその瞬間まで書いていたい。死ぬことなんかちっとも怖くない。書けなくなることだけが怖いのです。

だから、長く寝たきりになった時はとても苦しかった。書けないこと、文章を生産できないことが自分にとって、あんなに辛いことだとは思わなかった。

そこから回復して、九十七歳になった今も、書いていられるのは、やはり神や仏、何か大いなるもののおかげでしょう。もちろん、与えられた才能もあるし、出版社や寂庵のスタッフなどの支えもあります。それらの「縁」も含めて、ほんとに有り難いことです。

もう、この年ですから、いつ死んでもおかしくありません。毎朝目覚めると、「あっ、生きてた」などと思います。でも、「今日も書ける」と思って元気になるのです。

お釈迦さまは最期に、弟子のアーナンダにこう言われました。

「アーナンダよ、泣くな、悲しむな、嘆くな。私は常に説いてきたではないか。すべての愛するもの、好むものは必ず別れる時がくると。遭うは別れの始めだと。およそ生じたもの、存在したものは、必ず破壊されるものだということを。これらの理が破られることはないのだ」

みなさん、私が死んでもどうか悲しまないで下さい。もし書けなくなっても嘆かないで下さい。

私はこの命の限り、愛し、書き、祈ったのだから、喜んで死んでいきましょう。

瀬戸内寂聴　せとうち・じゃくちょう
1922年、徳島県生まれ。小説家、僧侶（天台宗権大僧正）。東京女子大学卒業。21歳で結婚し、一女をもうける。京都の出版社勤務を経て、少女小説などを執筆。57年に「女子大生・曲愛玲」で新潮同人雑誌賞を受賞、本格的に作家生活に入る。73年に得度し「晴美」から「寂聴」に改名、京都・嵯峨野に「曼陀羅山 寂庵」を開く。女流文学賞、谷崎潤一郎賞、野間文芸賞、泉鏡花文学賞など受賞多数。2006年、文化勲章受章。著書に『夏の終り』『美は乱調にあり』『花に問え』『場所』『風景』『いのち』『源氏物語』（現代語訳）など多数。2021年11月9日、逝去。

朝日新書
737

寂聴《じゃくちょう》 九十七歳《きゅうじゅうななさい》の遺言《ゆいごん》

2019年11月30日 第1刷発行
2022年1月20日 第8刷発行

著　者　瀬戸内寂聴

発行者　三宮博信
カバーデザイン　アンスガー・フォルマー　田嶋佳子
印刷所　凸版印刷株式会社
発行所　朝日新聞出版
〒104-8011　東京都中央区築地5-3-2
電話　03-5541-8832（編集）
03-5540-7793（販売）

Published in Japan by Asahi Shimbun Publications Inc.
ISBN 978-4-02-295044-4
定価はカバーに表示してあります。

落丁・乱丁の場合は弊社業務部(電話03-5540-7800)へご連絡ください。
送料弊社負担にてお取り替えいたします。

朝日新書

新・リーダーのための教養講義
インプットとアウトプットの技法

同志社大学新島塾　佐藤　優

新たな価値を生む発想のベースになるのが文理融合の統合知だ。膨大な情報をどう理解し、整理し、最適解を見つけるか。歴史、外交、ゲノム編集、AIなどをテーマに教養、説明力、ディベート力をつけるエッセンスが満載。集中合宿による白熱講義が一冊に。

AI兵器と未来社会
キラーロボットの正体

栗原　聡

AIが人を殺せる日が、すぐそこまで来ている。人間の判断を必要とせずに攻撃できる自律型致死兵器「キラーロボット」の現状を紹介し、生命と知能の水脈をたどり、科学技術のあるべき姿を探る。SF映画が現実となる近未来社会に警鐘を鳴らす、必読の書！

潜入中国
厳戒現場に迫った特派員の2000日

峯村健司

超大国アメリカの背中を追う中国。世界2位の経済力を軍事費につぎ込み、急速な近代化を進める足元では何が起きていたのか。31の省、自治区、直轄市のほぼすべてに足を運び、空母島、北朝鮮国境などに潜入。中国当局に拘束されながらも現場を追った迫真ルポ。

銀行ゼロ時代

高橋克英

「GAFA」の進出で、日本の銀行はトドメを刺される。キャッシュレス化やフィンテックの普及、銀行業務のスマホ化で、既存の銀行は全滅の可能性も。銀行員はどうなるか、現実的な生き残り策はあるのか、豊富な実務経験をもとに金融コンサルタントが詳述。

朝日新書

新版 知らないと損する
池上彰のお金の学校

池上 彰

銀行、保険、投資、税金……生きていく上で欠かせないお金のしくみについて丁寧に解説。給料の決められ方、格安のからくり、ギャンブルの経済効果など納得の解説ばかり。仮想通貨や消費増税、キャッシュレスなど最新トピックに対応。お金の新常識がすべてわかる。

水道が危ない

菅沼栄一郎
菊池明敏

「日本の安全と水道は問題なし」は幻想だ。地球二回り半分の老朽水道管と水余り、積み重なる赤字で日本の水道事業は危機的状況。全国をつぶさにルポし、国民が知らない実態を暴露し、処方箋を探る。これ一冊で、地域水道の問題が丸わかり。

大江戸の飯と酒と女

安藤優一郎

泰平の世を謳歌する江戸は、飲食文化が花盛り！田舎者の武士や、急増した町人たちが大いに楽しんだ。武士の食べ歩き、大食い・大酒飲み大会の様子、ブランド酒、居酒屋の誕生、出会い茶屋での男女の密会――。日記や記録などで、100万都市の秘密を明らかにする。